「おまえを裸にして、もう一度俺のものにしたかった」

　真己の蒼白い顔がパアッと朱を散らしたように赤くなる。真己は気恥ずかしさに耐えかねるように顔を横に倒すと、長い睫毛を伏せて軽く目を閉じた。　　　　　　（本文より）

SHY NOVELS

香港貴族に愛されて

遠野春日

イラスト 高橋 悠

CONTENTS

香港貴族に愛されて

■indication

昨夜見た夢があまりにも心地よかったせいか、目覚めてからも態度や表情にその余韻が残っていたようだ。

「今朝はご機嫌なようでございますね」

朝食のあと、爽やかな日差しの降り注ぐ窓辺の安楽椅子に腰掛けた彼の元に、執事《しつじ》が紅茶を運んできて言った。

「懐かしい夢を見たんだ」

これはまた意外なことを聞かされた、とばかりに執事は驚いた顔になる。普段彼は執事に夢の話をすることなどほとんどないし、そんな些細なことで気持ちが明るくなること自体珍しい。

「大学時代の夢だ。久しぶりに見た」

彼は夢の記憶を手繰《たぐ》り寄せ、目を細める。

「とても鮮明で、あの頃に戻ったような錯覚がした。夢だったとわかって失望したよ」

「きっと何かの予兆でございますよ。いいことがあればよろしいですね」

「どうだろうな」

これから又従姉妹《またいとこ》のお供で彼女の買い物に付き合わされることになっている。そのままディナーまで一緒の予定だ。いかんせん彼にとっては退屈で、それが執事の言ういいことだとは到底思えない。彼女は可愛くて美人だが、とびきりわがままでときどき周囲をうんざりさせる。子供の頃からよく知り合った仲だが、最近は妙に色っぽさを増してきて、ゆくゆくはきちんと話をしなければいけないと考えはじめているところだ。彼女のことは嫌いではないが、愛しているとは言い難い。

これまでに彼が愛したのは、もうずいぶん昔に勝手に姿を消した、あの美貌の薄情者だけだ。悔しいかな今でもそれは変わらない。

昨夜、彼は久しぶりにその薄情者と夢の中で会った。英国に留学していた頃のようで、寄宿舎の同じ部屋で夜通し語り合い、ブラウニングの詩を朗読していた。目覚めてもいつになく記憶は鮮明で、こうして紅茶を飲んでいても、情景がまざまざと脳裏に浮かんでくる。

「おや、詩集などお読みですか」

ティーテーブルにのっている薄いハードカバーを見て執事が懐かしそうな声を出す。すっかり色褪《あ》せた詩集は、学生の時のものだ。夢で読んでいたのはこれだった。

「思い出して書棚を探してみたら、ちゃんとあった。おまけに忘れていた大事なものまで見つけたよ」

ゆっくりと一枚ずつ紙を繰《く》っていき、彼はそれが挟まれたページを開く。

本の間に挟まれた四つ葉のクローバーを目にした執事は、なるほどと納得し、微笑する。

「今日はきっといいことがありますよ、アレックスさま」

執事の頼もしい言葉に今度は彼も素直に頷き、「そう願いたいものだ」と返事をした。

■reunion

体にぐっと気圧の変化を感じて、真己《まさき》はうたた寝から覚め、小さな窓から外を見た。

「うわー、これが香港《ホンコン》なんだぁ」

「向こうに見えてる、ビルがいっぱい建ったところに前は降りてたんでしょー、信じられない」

後ろのシートにいる女の子たちの声もはしゃいでいる。

とうとうまたここに来てしまった。真己は飛行機が大きく旋回して高度を下げるにつれて間近に迫ってくる景色を眺め、微かな後悔を感じていた。

迷いはすべて捨ててきたと思っていたが、実際に香港を目にすると、やはり平然としてはいられない。

ほんの一日だ。

気持ちを落ち着かせるために深く息を吸い込む。

香港での一日など、たぶんあっという間に過ぎていくに違いなかった。

チムサアチョイにあるミラマー・ショッピング・センターのアーケードを抜けると、表通りの喧噪《けんそう》が嘘のように静かな通りに出る。メインストリートのネイザン・ロードから徒歩で数分だというのに、都会にいることを忘れさせてくれるような場所だ。このあたりはまだ観光客にそれほど知られていないせいだろう。おしゃれなイタリアンレストランやパブなどが建ち並ぶ通りをゆっくりと歩きながら、真己はこんな所もあったんだな、と意外さを感じた。

前に香港に来たときにはほとんどが車での移動だった。車窓から見ていた景色は、実際に自分で歩きながら見るのとは印象が違う。もちろん多少は街中を散策しもしたが、あの時は地理に明るい親友が常に一緒だった。真己は彼に連れられるまま隣をついて歩いただけだったので、どこをどう歩いたのかもあやふやなままだ。

はからずも、親友、として脳裏に浮かべてしまった男の面影を、真己は苦い気分と共に頭から追い払おうとした。

考えるつもりはないのに、香港にいる限り彼との思い出を無視するのは難しい。

大丈夫。真己は心の中でその言葉を何度も繰り返していた。

アレックスのことはとうに忘れたはずだ。だから彼のことを考えても、旧友を懐かしむ以上に気持ちを乱すことはない。真己はそう自分に確認させたかった。たぶん世界の各地を転々と旅して回る予定のこの旅行で、最初に足を止める場所として、いわくのある香港を選んだのもそのためだ。アレックスとは今どんな関係もない。音信不通になってずいぶん経つ。だから、こうして彼の故郷を訪れても、もう平気なはずだと自分自身に言い聞かせたかった。

アレックスに誘われて初めてここを訪れたのは六年前になる。

当時の香港はまだ英国に租借《そしゃく》されていた。返還後何がどう変わったのか、通りすがりの旅行者である真己には具体的に感じられない。さっき通ってきたメインストリートの頭上に庇《ひさし》のように張り出していた看板類も、名物である二階建ての路面電車も相変わらずだ。ただ、街中に見慣れぬ文字が増えたとか、政府の建物に掲げられた旗がハナズオーを描いた真紅のものに変わったことで、ここはもう中国なのだな、とわかるくらいである。喧《やかま》しい広東語《カントン》が完全に北京語《ペキン》に取って代わられるなどとは今後もとうてい想像できそうにない。

あまりにも久しぶりの香港。

真己はここに一泊だけ滞在する。いわばトランジットで寄ったついでのようなものだ。空港に到着したあと安ホテルに大きな荷物を降ろして身軽になった。これからひととおり街を散策するつもりでいる。

この旅の目的は世界各地にある有名な建築物や美術・芸術品を見て歩くことだ。世界各地といっても、ヨーロッパや地中海周辺が中心になる。そのために五年勤めた会社を思いきって辞《や》めた。かねてからいずれはと思っていたことを、今回ようやく叶えられたのだ。

乗り継ぎが目的とはいえせっかく香港に寄ったのだから、真己はペニンシュラホテルの由緒ある佇《たたず》まいをもう一度じっくり眺めたいと思っていた。以前はアレックスにつれられてホテル内のレストランで豪勢な食事をしたこともあったが、今回はそんな優雅な予定はない。先が長いのだからひたすら経費を節約しての貧乏旅行だ。

物理的な贅沢《ぜいたく》はできなくても、精神的に豊かになれるだろう今回の旅行に、真己はおおいに期待していた。平穏で代わり映えのない毎日に不安と焦燥を感じていたのかもしれない。このままただ安穏と月日を過ごしていくだけでいいのだろうか、という衝動に駆られ、公務員という安定した職を捨ててしまったが、後悔はしていなかった。二ヶ月になるか三ヶ月になるか、はっきりとはなにも決めていない旅を終えて再び日本に戻ったとき、少しでいいから自分にどこか変化が起きていればいい。そこからまた道は自《おの》ずと開けてくるのではないかと信じていた。

思えば真己は昔からこうと決めたら悩まずに実行するタイプだった。

周囲の人間が国内の大学にばかり目を向けていた頃、誰に相談することもなく英国留学の準備をしていたことなど、その最たるところだろう。なぜ海外、なぜ英国か、と聞かれても「行きたかったので」としか答えられない。一週間や十日間程度の旅行としてではなく、数年間向こうに根を下ろして暮らしてみたかった。そして目標ができると、それを達成するためにはどれほどの苦労も厭《いと》わないのが真己の性格なのだ。

一見おとなしくて従順なばかりに思われがちな真己だが、大学の寮で同室になった男だけはすぐさま真己がそれだけの男ではないことを見抜いた。

彼は香港の富豪の御曹司《おんぞうし》で、はっとするほど見栄えのする男だった。歳は真己より一つしか上でないのに堂々として自信たっぷりに振る舞うので、同級生という気がしなかった。初めて握手して「よろしく」と挨拶したときから圧倒されたものだ。

『アレックス・ローだ』

切れ長で鋭く光る瞳に正面から見据えられると、真己は我知らず赤くなった。そして、高辻真己《たかつじまさき》、と名乗る自分の声も耳に届かなくなるほど緊張した。

こんな人と同室なんて、大丈夫だろうか。真己のような男と一緒では彼が退屈して嫌になるのではないだろうか。真己はまずそう不安に思った。同じ東洋系でも、アレックスの洗練された仕種は欧米人そのままだ。上背があってしっかりと鍛えられていることがわかる体型も、いかにも洗練された物腰も、真己とは一線を画している。きっと日常生活から世界が違う人だと思った。だから、話が合わないのでは、と心配になったのだ。

しかしそれはすぐにつまらない悩みだということがわかった。アレックスは見かけからは想像もできないほどきさくで、数多《あまた》いる取り巻きの誰とより、真己といることを優先した。真己にはそれが意外でもあり嬉しくもあった。彼の気持ちが友情を越えているのだと知らされたときには、真己自身も同じ気持ちになっていたせいか、自分でも信じられないくらいあっさりと頷いていた。

アレックスのように魅力的な男から好意を持たれ、熱のこもった瞳で見つめられて真剣に口説かれたら、同性であることなど関係なく彼の虜《とりこ》になった。戸惑いより羞恥より幸福感が遙《はる》かに勝って、狭い寮のベッドで初めて一緒に寝た時もまったく後悔はなかったのだ。

だが永遠に続くかと思えた甘い関係にも終わりはあった。

だめだ、と真己は頭を振って、とりとめもなく次から次に思い起こされてくるアレックスへの拭《ぬぐ》い去れない気持ちを追い払おうとした。

こんなことを思い煩《わずら》うために香港を再訪したのではない。アジア一の巨大なハブ空港はヨーロッパに向かうための通過地点として都合がいいのだ。見るべきものを見たら明後日にはまた機上の人になる。だからそれ以上に深い意味を持たせて来たわけではない。真己は何度も自分にそう言い聞かせ続けた。

そうしながらウインザーホテルのある角を右に行き、表の大通りと平行している通りを歩いて高級ホテルが立ち並ぶ地区まで南下した。だが、次第に真己は胸が詰まって息苦しさを感じるようになり、とうとう手前にある地下鉄の入り口を降りてしまった。

大丈夫なはずだといくら虚勢を張ろうとしても、足が重くてどうしてもペニンシュラには向かえない。あそこには思い出がありすぎるのだ。アレックスは香港島の丘の上に目を瞠《みは》るような豪邸を構えておきながら、たまの食事、とペニンシュラを訪れてはそのまま部屋を取り、ワインでほろ酔い加減の真己をベッドに押し倒した。対岸の夜景を窓ガラス越しに見せながら抱きしめて、好きだと何度も耳元に囁いてきたり、朝ひと泳ぎした後にプールサイドでブランチしたりと、その気にならずとも次々に過去が甦《よみがえ》る。

気持ちを落ち着けようと乗った地下鉄で、真己は香港島に行った。

香港は狭い。こちらに渡ったところで思い出の数が減るわけではなく、むしろアレックスの屋敷があるレパルス・ベイ付近の高台に近くなる。

龍《りゅう》が通り抜けて海に戻るための穴を開けてデザインされたという奇抜なビルディング、古い映画のデートシーンで有名な展望台と見て歩くほどに、真己の心はますますアレックスのことでいっぱいになっていく。

やはり香港に降りたのは間違いだったのかもしれない。

まだ真己はアレックスとのことを過去として思いきれずにいるのだ。

アレックスの本心がどこにあるのかわからなくなり、愛されている自信をなくしたあげく、彼の傍から逃げ出したのは真己の方だった。別れを決めたのは自分ということだ。あの時、アレックスは真己が突然帰国した理由をまったく理解できなかったようで、何度となく電話をかけてきた。しかし真己はいっさい応じなかった。

今、アレックスはどうしているのだろう。

真己は風をはらんでなびく髪に頬を打たせつつ、複雑に入り乱れる気持ちをもてあましながらも、今まであえて避けていたことを考えた。

『返還の時期が迫るにつれて、移民を考える人が増えている』

アレックスは思慮深いグレイの瞳を僅かに曇らせ、そう言ったことがある。まさに今のように、この手摺りに並んで凭《もた》れて眼下の景色を眺めながらだった。

『アレックスの家も?』

真己が聞くとアレックスは頷き、手摺りに掛けた自分の長い指にしばらく視線を落とした。

『叔父や従兄弟はカナダやオーストラリアに行くつもりでいる。俺の両親もいずれは考えるだろう』

『じゃあきみも?』

どうかな、とアレックスは複雑な表情をして、傍《かたわ》らにいた真己を見つめてきた。端正な顔を向けられると真己の心臓はいつも鼓動を速めたが、その時は特にドキリとした。アレックスの目がとても真剣だったせいだ。

香港でも名家とされるロー家はその気になれば移民することは難しくないだろうし、先の見えない香港の政治情勢を考えれば西側の国に移って財産を守ろうと考えるのは自然なことだ。しかしアレックスは香港という街が好きなのだ。それは真己にもわかっていた。

『マサキと一緒なら俺は世界のどこで暮らしても構わないんだが』

あの時アレックスはそう答えた。

聞いたときにはただ嬉しさが込み上げたが、今となってはどういう意味で言ったのか真己にはわからない。

結局アレックスはどこかに居を移したのだろうか。

それともまだこの地に留まっているのだろうか。

香港にいる今、こうやってことあるごとに真己は彼のことを思い浮かべてしまうのだが、アレックスはすでにこの地を去っているのかもしれないのだ。

考えれば考えるだけ、なんだか自分が女々しく感じられ、情けなくなってくる。

ペニンシュラを見に行こう。

真己は気弱になりかけた気持ちを奮《ふる》いたたせると、もう一度九龍《クーロン》に引き返すことにした。


イギリスが建設したペニンシュラは、香港にある高級ホテルの中でも群を抜いて存在感がある。

コの字型になった建物の正面には噴水があり、奥には近年建て増しされた新館の高層タワーが聳《そび》え立つ。今はまだ日が高いが、夜になればライトアップされた白い建物が幻想的に浮かび上がる。その光景を真己はすでに何度も見たことがあったが、こうして改めて明るいうちに眺めても、ペニンシュラの外観は溜息が出るほど美しい。

やはり来てよかった。

真己はカメラで撮らない代わりに頭の中にしっかり記憶しようと、長い間その場に立ちつくしていた。

ショッピングアーケードの出入り口からは何人もの日本人女性がブランドものの紙袋を提げて出入りしていたが、その中の二人組が「あのう」と真己に声を掛けてくる。真己は不意を衝かれてちょっと驚き、旅先ゆえの解放感に満ちあふれた彼女たちの好奇心たっぷりな顔を見返した。

「お一人ですか。よかったら私たちとお茶しませんか」

「ここのアフタヌーンティー有名らしいですよ」

ＯＬと思われる小綺麗な二人組だったが、真己はすみませんと断った。もともと女の子といるのは苦手なのだ。面白みのない男だと自分で思うし、彼女たちにも興味を持てない。

がっかりした様子の彼女たちから離れるために、本当は入るつもりのなかったホテルのロビーに向かって歩き出す。

「ああん、せっかくあんな美形を見つけたのにぃ」

どちらかの悔しがる声が背後から微かに耳に届いた。美形などと言われると面映《おもは》ゆい。たいていいつも歳より若く見られるが、二十歳かそこいらだと思われる彼女たちにアイドルか何かのような視線を向けられるのはさすがに決まりが悪い。

ペニンシュラの正面ロビーはまるごとティーラウンジになっている。さっき彼女たちに誘われたのはここのことだ。ロビーを通り抜けると左右にはずらりと有名ブランドのショップが並ぶ。ブランドアーケードは地下と中二階にもあって、いつも観光客でいっぱいだ。

真己はブランドに興味がない。そもそも旅先で買い物をするという感覚がよくわからないのだ。余計な荷物が増えるのは煩わしいし、海外でなければ買えないものならともかく、どこでも手に入るものをなぜ時間の限られた旅程の中で必死に求めるのか理解に苦しむ。人それぞれだから人は人で構わないが、付き合わされるのは勘弁して欲しいと常々思っていた。

自分に縁のない場所からはさっさと退散したかったので、真己は左手に進んでロエベやフェラガモの並びを右に進んだ。アーケードの出入り口は数カ所あり、こちらからもホテルの裏に面した通りに出られる。

ディオールの横を通り過ぎようとしたときだった。

店の中からカップルが腕を組んで出てきた。見るからにゴージャスな男女で、明らかに観光客がちょこちょこした小物を物色するのとは違う貫禄《かんろく》がある。見事なプロポーションをした華やかな雰囲気の女性と、これ以上彼女にふさわしい男はいないだろうと思える堂々とした雰囲気の、おそろしくスーツの似合う青年紳士。

きっと香港の大金持ちだ。真己は二人を一目見た瞬間そう思った。アレックスの纏《まと》っていた空気とそっくりだったからだ。

真己はすぐに視線を逸らした。これ以上アレックスを彷彿《ほうふつ》とさせるものを目に入れるのは精神的によくない。その気持ちを反映して歩く速度も自然と速まった。

まっすぐ前に顔を向けたまま、二人が店員に見送られてゆったりした歩調で入り口から離れたばかりのところを横切る。

そのまま通り過ぎようとしたときだ。

「おい、きみ！」

突然英語で呼び止められ、真己はびっくりした。

肩越しに振り返ると、店から出てきた青年紳士だ。だが真己は彼の顔を正面からはっきりと見て、更に驚く羽目になった。

「あ、アレックス……？」

まさか、と思った。信じられない。しかし、目の前にいるのは確かに彼だ。彼に間違いない。

顔そのものよりもまず瞳で真己はそれを確信した。しっかりとした意志を感じさせる目を見れば、彼がアレックス・ローだというのは一目瞭然だ。こんなに印象的なグレイの瞳を真己は他には知らない。

「やっぱりマサキか。……こんなところで会うとは思わなかった。奇遇だな」

アレックスは綺麗なクィーンズ・イングリッシュを使う。昔のままだ。真己はいっきに学生時代に戻ったかのような錯覚に落ち、軽い眩暈《めまい》を感じた。

傍らにいた女性の細い腕を解き、アレックスは悠然とした足取りで真己に向かって歩み寄ってくる。それなりに月日を重ねたせいか、彫りの深い端正な顔は学生時代よりも落ち着きと渋みを増し、前よりいっそう彼を魅力的にしていた。身につけた高価そうなスーツの着こなしぶりもさすがで、板についている。一回りも二回りも立派になったアレックスの完璧な紳士ぶりを目の当《ま》たりにして、真己は気後《きおく》れした。

真己のすぐ目の前にアレックスが立つ。空気が動いて、ふわりと清涼感のある香水の香りがした。これも知っている。同室だった真己はこの香水の瓶をしょっちゅう目にしていた。いまだに同じものを愛用しているらしい。

「旅行で来ているのか?」

穏やかな口調でアレックスに聞かれ、真己は小さく頷いた。アレックスはまるで過去に何もな

かったかのような淡々とした調子で話す。真己はそんなアレックスの態度に自分でも意外なほどショックを受けていた。過去を引きずっていたのは真己だけだったらしい。アレックスは真己を単なる同級生として懐かしんでいるだけに見える。その他の感情は微塵《みじん》も窺《うかが》えない。

「いつまで香港にいる?」

「今日一晩だけ」

「そうか。慌ただしいんだな。明日は何時の便だ?」

「午前十時、かな」

真己は声の震えを隠すのが精一杯で、いろいろと考える余裕などなく正直に聞かれたことにだけ答えた。

「宿泊先は?　このホテルか?」

「まさか」

左肩に背負ったカーキのリュックにアレックスの視線が流れるのを意識しながら、真己はジョーダン駅傍にあるバックパッカー御用達《ごようたし》の格安ホテルの名を口にした。アレックスは眉を顰《ひそ》めただけで、いまひとつピンとこなかったようだ。それでも更に詳しく聞こうとはせず、ふん、と軽く鼻を鳴らして目を眇《すが》めたまま、何事か考えるような間を作る。

アレックスに聞きたいことは真己にもたくさんあった。だが、喉に塊《かたまり》がつかえたようになっていて、声が出ない。

こんなに唐突な出会いがあるとは想像もしなかったから、驚きがさめないのだ。

しかしよくよく考えてみれば、アレックスが変わらず香港に住んでいるなら、こうしてばったりと行き合ってもそれほど不思議ではないのかもしれない。さして広くもない都市で、上流階級である彼が出かける場所は限られている。ペニンシュラなどその最たる場所だろう。一日だけ立ち寄った香港でこんな偶然に見舞われたことには唖然とするしかないが、彼のことばかり考えていたのが予期せぬ出会いを引き寄せたのかもしれない。

「アレックス！」

苛立ちを隠さない尖《とが》った声が背後から掛けられる。彼と一緒にいた女性が痺《しび》れを切らしたようにふくれっ面でこっちを睨んでいた。吊り上がった目を見ただけでも、彼女の気の強さとプライドの高さ、常に自分が中心でなければがまんできない人特有の高慢さが察せられる。

アレックスは彼女を一顧《いっこ》だにしないが、それがかえって真己の気を揉ませた。

「連れの女性が……」

「彼女なら気にすることはない」

真己の心配をあっさりと流し、アレックスはちょっと揶揄《やゆ》するような目をする。

「覚えていないのか？　カリーナだよ、俺の又従姉妹の。前に何度か会っただろう」

この言葉には目を瞠《みは》らされた。

おそるおそる視線を伸ばして彼女の顔に以前の面影を探そうとしたが、なかなか見つけられない。それほどカリーナは変わっていた。たぶんアレックスに言われなければずっと気付かなかっただろう。最後に会ったのがやはり六年前だから、それも道理だ。当時カリーナはまだ十九だった。女性の十九から二十五といえば、最も変化の激しいときだ。ましてやモデル並みにすっきりとシェイプされたプロポーションになり、長かった髪をお洒落にカットして顔に上手な化粧を施すようになると、名前を聞いてもなお半信半疑のまま茫然としてしまう。

アレックスはニヤリと唇の端を上げ、真己の驚きように満足した。

「綺麗になっただろう」

「うん……。前から可愛い人だとは思っていたけど」

彼女には聞こえないくらいの低い声で囁き合う。

アレックスが満足そうなのは、彼女のことをある意味誇らしく思い、身近にいる女性たちの中でも特に可愛がっているからだろう。昔からその傾向はあった。二人の仲の良さは誰の目にも明らかで、彼女自身もかなりアレックスに傾倒していた。カリーナは休みのたびごとに英国に遊びに来てはアレックスと行動を共にしたがったし、ときには海外でまで強引に合流してきた。アレックスも積極的に彼女を歓迎するわけではなかったが、かといって嫌な顔をすることもなかった。

真己はそんな二人についていけなくなることが多々あり、何度も疎外感を覚えて憂鬱《ゆううつ》になったものだ。正直なところ真己はカリーナが苦手だった。今でもアレックスの隣にカリーナがいると知って、複雑に気持ちが揺れる。

「アーレックスッ！」

反応しないアレックスが癇《かん》に障《さわ》ったのか、カリーナの声が先程より甲高くなる。形のいい細い眉がめいっぱいに吊り上がっているのも見えた。

真己の方がひやひやしてくる。

ディオールの店員までおろおろした表情になっていた。二人を見送りに出たものの、渡す機会を逸してしまった大きな手提げ袋を大事そうに持ったまま、どうすればいいのかと戸惑っているのだ。

カリーナの顔にははっきりとした憎悪が浮かんでいた。真己を射殺さんばかりの勢いで睨みつけている。彼女には真己がすぐにわかったようだ。男同士にもかかわらず昔アレックスと付き合っていた汚らわしい日本人、と目が真己を非難している。

「僕はもう行かないと」

真己は思いきって切り出した。

彼女を無視して真己の傍を離れようとしないくせに、アレックスはそれ以上何も言う気配がない。もっと話をするのなら、チャンスは今日一日だ。今晩空いているかとか、今からお茶でも一緒にどうかとか、なにかしら誘ってくるのではと構えていた真己だったが、結局アレックスはそういう類のことは口にしなかった。カリーナが一緒なのだからそれもそうだろう。彼女がつむじを曲げたら厄介だ。それに、昔一方的に彼を振り払ったのは真己の方だ。今更アレックスが真己と親しく付き合おうと考えるはずがなかった。彼は過去を蒸し返して真己に恨み言の一つを言うわけでもない。つまり今となっては真己のことなど、どうでもいい些末なことになっているということだろう。

真己はアレックスが自分にもうなんの興味も持っていないことを痛感した。張りつめていた気持ちが緩んでいく。それはホッとしたというものとは全然違い、なんだかひどく後味の悪い、失望感に満ちた諦めの気分に近かった。

「……これからまだ行くところがあるから」

「ああ、そうだな」

あっさりとアレックスが頷く。

カツカツと甲高いヒールの音をさせてカリーナが歩み寄ってくる。

「じゃあさようなら、アレックス」

アレックスは黙っている。まだ何か考え事をしているようだ。

あれからずっと、本当はきみのことが気になっていた。元気そうでよかった。真己はそう言いたかった。しかしさすがにそこまでは口が滑らかにならない。

「アレックスったら！」

カリーナのヒステリックな声が、このままこれで別れていいのだろうかという躊躇《ためら》いを捨てさせた。ここで彼女と嫌な雰囲気になりたくはない。

真己は最後に軽く会釈すると、後ろ髪を引かれるような気分を味わいながら、踵《きびす》を返して出口に向かった。

ネイザン・ロードを急ぎ足で北に歩き、九龍公園に入る。

真己の心臓はまだドキドキしていた。

なんという偶然に見舞われたものだろうか。当時のアレックスの言動から考える限り移民した可能性は低いだろうとは思っていたが、いくらなんでもばったり顔を合わせるとは想像しなかった。

過ぎるほど立派な青年紳士になっていたな、と真己は今の今まで向き合っていたアレックスのことを思う。二十歳かそこいらから他を凌駕《りょうが》する圧倒的な存在感を持っていたが、ますます磨きがかかっていた。

真己はアレックスの放つ強烈な魅力に当てられてしまった。頭の芯がくらくらする。別れてから今までの長い間、彼を忘れる努力をしてきたつもりだった。香港に足を踏み入れるまでそれはほとんど成功していると思っていたのだ。しかし、いざこうして彼と再会するや、あっという間にその努力は水泡と帰した。

おまけに。

真己は公園のベンチに座りこむと、背凭れに体を預けて気持ちを落ち着かせようとした。

――おまけに、アレックスはやはり彼女と一緒だった。

カリーナ・リンのことを考えると苦い気分が広がっていく。真己はそれほど彼女のことを詳しく知っているわけではないが、最初にアレックスに紹介されたときから、合わないのでは、という感触があった。それは彼女としても同じだったらしい。互いになんとなく牽制《けんせい》し合い、アレックスの前でこそ当たり障りのない態度を取ったが、いざ二人だけになればたちまち雰囲気はぎこちなくなり、時には険悪なムードになったこともあった。

カリーナはアレックスが好きなのだ。

真己がカリーナと初めて会ったのは、冬の休暇にアレックスとパリを訪れた時だった。アレックスが手配した滞在先のホテルに、彼女が突然訪ねてきたのだ。

たぶん、カリーナにしてみれば、当然クリスマス休暇は香港で過ごすものと思っていたアレックスが戻ってこなかったので、機嫌を悪くしていたのだろう。

『なぜ家に帰らないの。おばさまたちもがっかりしてらしたわよ。わたしも残念で、だからこうしてパリまで来たの。まさかあなたがこんな安宿にいるとは思わなくてびっくりしたわ』

遠慮のない口調ではっきりとものを言うカリーナは、その先を広東語に切り替えると、真己の全身を品定めするようにじろじろと見ながら、アレックスに何事か言っていた。真己には広東語はほとんどわからなかったが、会話の雰囲気と二人の表情から、カリーナは憤慨して皮肉っぽくなっており、アレックスの方はカリーナの言葉に不快を感じて、よせ、と牽制しているのが察せられた。その間中、真己は自分が邪魔者になった気がして居たたまれなかったものだ。

彼女が真己を見る目にははっきりとした敵意と苛立ちが含まれていた。だから初めから仲良くなれるはずはなかったのだ。

その頃すでに真己とアレックスは友人としての一線を越えていた。クリスマス休暇にお互い故郷に帰らず、パリで過ごすことを選んだのはそのためだ。いわば真己とアレックスは蜜月の最中だったわけである。

女の鋭い勘で、カリーナは二人の仲が単なる友情に留まっていないことを確信したらしい。

図らずも三人で新年を迎えることになったのだが、彼女の乱入のおかげで二人が計画していたことはすべて変更になった。高級ホテルでの豪勢なディナーに政府主催の新年パーティー。彼女は当然のごとくそれらをアレックスに求めたのだ。香港の大富豪一族であるアレックスやカリーナにとっては慣れ親しんだ世界、いつもの新年の過ごし方だったのだろう。

しかし、真己にはまるで馴染めないことばかりだった。急遽《きゅうきょ》仕立ててもらったタキシードは着慣れなくて恥ずかしく、いくらアレックスが似合うと微笑んでくれてもお世辞にしか聞こえなかった。パーティー会場では世界各地の友人知人に挨拶して回るアレックスから離れ、一人ぽつんと壁際に立っていた。真己はこの時初めて、ロー家が単なる大金持ちではなく、何代か前に大陸から香港へ移ってきた由緒正しい中華貴族だということを知った。アレックスと腕を絡めて一緒にいてもなんの違和感もないカリーナを羨ましいと感じたのも事実だ。住む世界の違いをこれほどはっきり思い知らされたのも初めてだった。

このまま寮に戻る日までずっとカリーナと一緒なのかと思うと溜息が出たが、彼女は結局三日間しかパリにいなかった。常日頃から贅沢に慣れていたカリーナは、安ホテルからいっこうに移動しようとしないアレックスに痺れを切らし、『いつまでもこんな所に泊まるなんてがまんできない、友達に知られたら恥ずかしい』と言い捨てて帰っていったのだ。真己は彼女が心配になり、アレックスに追いかけるように言ったのだが、彼は肩を竦《すく》めただけだった。

『彼女のことだ、ド・ゴール空港まで誰かを迎えに来させるだろう。心配ない』

それより、とアレックスは真己の体を抱きしめてきた。

『やっとまた二人になれたな。カリーナがいる間は一緒のベッドに寝るわけにはいかなかっただろう。待ち遠しくて仕方がなかった』

『アレックス……』

羞恥の声はキスで遮《さえぎ》られた。

そして残りの休暇を蜜がとろけるように甘く過ごすことにだけ専念したのだ。

真己は自分にいい感情を持っていないことを隠さないカリーナの存在を知って不安になったが、アレックスの気持ちを疑いはしなかった。アレックスに深く想われ、特別な相手として大切にされているのは十分わかっていた。

できるなら真己も彼女とうまくやりたかった。苦笑いして困ったふうを装いながらも、詰まるところアレックスにとってカリーナが可愛い幼なじみであることは間違いない。アレックスが好きだから、カリーナとギクシャクすることで彼を悲しませたくはなかったのだ。

アレックスを知って初めての休暇が明け、二人はいっそう親密になって寮に戻った。

キャンパス生活は充実していて楽しく、瞬くうちに春がきて夏になる。夏の休暇は三ヶ月もあった。さすがに今度ばかりは両親に顔を見せないわけにはいかなかったから、真己は日本に帰国した。アレックスも香港の屋敷に帰り、互いにメールのやり取りをして過ごすことにした。

礼儀正しいアレックスのメールは、最初のうちは、もし誰かに間違って見られても差し障りのない内容だった。しかし日にちが経つに従い、次第に熱を増していく彼の気持ちが文章の中に垣間見えるようになった。会いたい、もう英国に帰ろうか、と思い始めたとき、なんの連絡もなしにアレックスが日本に来た。あの時は本当に驚いた。インターホンが鳴ったのでドアを開けてみたら、小さな玄関ポーチにいきなりアレックスが立っていたのだ。真己は驚きでその場に立ちつくした。

『会いたくて』

少しだけ申し訳なさそうにしながらも、アレックスは確信犯的に微笑んでいた。真己も会いたがっていたことをちゃんと知っているぞと言わんばかりだ。

両親が兄夫婦の家に遊びに行っていて留守だったから、真己は大胆にも自分の部屋でアレックスと抱き合った。二ヶ月近くも離れていたのは付き合いだしてから初めてのことで、二人とも夢中になって確かめ合い、貪りあった。

真己がアレックスの激しい情熱を感じたのはこの時だ。

嘘だとは、騙《だま》されているのだとは、到底思えなかった。この関係は、少なくとも卒業するまでの間、同じキャンパスで過ごすうちは続くのだと信じて疑いもしていなかったのだ。

アレックスは真己の家に二日泊まり、真己も彼が来たのを口実にそのままアレックスと一緒に英国に戻った。まだ新年度の授業が始まるまで一ヶ月あったが、せっかくだから残りの期間で湖水地方を旅して回ろうということになったのだ。真己にはアルバイトで稼いだ以上のお金はなかったが、アレックスはそういう点で決して真己に負担を掛けさせなかった。パリの時と同じで学生という身分にふさわしい、万事慎《つつ》ましやかな行動に徹してくれたから、真己は何も悩まずにすんだ。そういう細やかな気配りはアレックスの持つ美点の一つだった。

彼とは反対にカリーナはわざとのように財力の違い、住む世界の違いを見せつけて、しばしば真己を戸惑わせた。最初の冬に強引な合流を果たしてからというもの、彼女はことあるごとにアレックスを追いかけてきた。英国にやってきたのも一度や二度ではない。真己はそのたびに憂鬱な気持ちにならざるを得なかった。一日や二日ならアレックスも一人でカリーナの相手をするのだが、彼女の滞在が長期に亘《わた》ると、どうしても真己も一緒の行動が増えてくる。

真己はカリーナと顔を合わせるたびに何度となく嫌な思いを味わわされた。はっきりと確信していたわけではないが、彼女の冷たい態度を見ていると、アレックスとの仲を知られているのだとしか考えられなかった。だから風当たりがきつくても仕方がないといえば仕方がなかったのかもしれない。

それでも、アレックスは誰に対してより真己に優しく熱心で、二年、三年と月日を重ねても、気持ちが変わったような素振りは見せなかった。

そのため真己もこのまま何事もなく卒業することを疑わなかったのだが、三度目の夏、初めてアレックスの実家に招待されて香港を訪れた際、カリーナの口から驚くべきことを聞かされたのだ。

『いつまでもいい気にならないで』

彼女はアレックスが所用で出掛けたところを見計らったようにやってきて、あたかも女主人のように振る舞いつつ、真己にぴしゃりとそう言った。

『アレックスはあなたのことを単なる遊び相手としか見ていないのよ。いい加減わかったらどうなの』

図々しい日本人。彼女は広東語でそう吐き捨てた。

『男のくせに、ちょっと綺麗な顔をしているからってなによ。厚かましいにもほどがあるわ。いつまでもしつこくアレックスにまとわりついて、ロー家の財産でも狙っているの？　アレックスの嗜好《しこう》にも困ったものだわ。だからってロー家はあなたの口を封じるためにお金を払うより、マフィアに頼んでもっと簡単にけりをつける方を選ぶはずよ。香港人はね、お金が第一なの。将来の不安をお金でカバーするのよ。だから自分の家の財産を守ることに関しては皆必死よ。ロー家だって、アレックスだって例外じゃない』

考えもしなかったことをカリーナの口から毒々しく言われ、真己は真っ青になった。

なにもアレックスの財産に興味があるわけではない。そんなことはまったく考えもしなかった。むしろ真己が考えたのは、卒業したらもうアレックスとは会えなくなるだろうということ、それが果たして自分に耐えられるのだろうかという、ただそのことだけだったのだ。

十九になったカリーナはぐっと女らしく、大人びてきていた。もういっぱしの香港レディで、ハイスクール時代のあどけなさはすっかり消え、育ち盛りでいくぶん太めだった体つきもほっそりとなっている。胸をアピールするファッションの研究にも余念がないようだった。

カリーナははっきりと真己を邪魔者だと決めつけた。

『アレックスはね、大学を卒業したら香港に戻ってきてわたしと結婚するの。これはもうずいぶん前からロー家とリン家の間で決められていたことよ。ほら、これを見て』

彼女が誇らしげに示したのは、左の薬指に嵌《は》めた大きなダイヤの指輪だった。

『アレックスのお母様がわたしに贈ってくださった大事なものよ。ロー家では代々未来の嫁に指輪を贈るのが伝統なの。本当は去年、わたしがハイスクールを卒業したら式を挙げる予定だったんだけど、アレックスはまだ遊び足りなかったようね。あなたみたいに簡単に籠絡《ろうらく》できてセックスの相手までしてくれて、おまけに妊娠の可能性もない都合のいい相手が傍にいるんだもの、しょうがないと言えばしょうがないわ』

だんだんカリーナの発言からは品がなくなっていき、いやらしさが目立つようになった。聞きたくない。真己は耳を塞ぎたかったが、ショックが大きすぎたのか、指を動かすこともできなかった。婚約の証《あかし》まで見せられては、嘘だと否定する気持ちも萎《な》えていく。

『わたしも結構心の広い女だと思うわ。あなたのこと、ずっと許してきたんだもの』

でもね、と続けたときの彼女の目は、ぞっとするほど陰湿だった。

『もうそろそろ限界よ。調子に乗って香港にまでついてくるんだもの、がまんできないわ。パリやロンドンならアバンチュールで済ませられても、ここはわたしのテリトリーよ』

アレックスの屋敷に入っていいのは自分が認めた者だけだ、と言わんばかりだ。

真己は一言も返せない。心に受けた衝撃に耐えるので精一杯だった。

『出ていきなさいよ。日本に帰る飛行機代くらいわたしがあげるから。そして大学が始まってももうアレックスとは寝ないでくれる？　彼はわたしの婚約者だって知ったんだから、いくら厚顔なあなたでも、さすがに倫理に反しているでしょう？』

カリーナはこれでもかというほど執拗に追い打ちを掛け続けた。

『遊びだったのよ、遊び。あなたはいいように弄《もてあそ》ばれて、アレックスの風変わりな恋愛ごっこに付き合わされていただけなの』

『きっと日本人に興味があったのね。たまたま同室だったものだから、つい食指を動かしたんだわ。本当に彼も罪作りよね』

『結婚したらわたしたちカナダかどこかに住むわ。だって香港はじきに中国に返還されるから、共産主義がどう影響してくるか不安なんだもの。ずいぶん前からこのことはアレックスとも相談して――』

何を言われたのか途中からは覚えていない。

気がつくとカリーナの姿は部屋になく、真己は重い足を引きずって、アレックスからあてがわれていた部屋に引きこもった。

彼女の言葉を全部信じたわけではなかったが、婚約のことだけは本当だと思え、それが頭から離れない。

アレックスの甘い囁きを本気だと信じていた。それが勝手な思いこみだったと知らされたとき、真己はどうしようもなく惨めな気持ちになってしまった。容姿やスタイル、頭の切れ、実家の財力と、何もかもが完璧な男なのに、どこがよくてただの日本人留学生である真己に夢中になったのか。確かにそれは真己自身ずっと訝《いぶか》しく感じていたことだ。けれど、よもや三年間も適当な遊び相手にされていたとは考えもしなかった。

どうすればいいのかわからなくなった真己は、翌日早々にアレックスの屋敷を出た。彼がその日遅くでなければ帰宅しないのは知っていた。真己にはとてもそれまでじっと待っていることができなかったのだ。

万一のときのためにと父に持たされていたクレジットカードを初めて使い、そのまま日本に帰国して、九州の叔父の家に行った。実家に戻れば、アレックスが連絡してきたときに話をしないわけにはいかなくなる。真己は混乱しきっていて、どうしても冷静な気持ちでアレックスと向き合う自信がなかった。

実際、アレックスはその日のうちに電話をかけてきたようだ。はっきりとした事情は知らないなりに、実家の両親は真己の気持ちを優先して『息子はまだ戻っていません』と言い通してくれた。アレックスは以降も何度か電話してきたそうだが、一ヶ月して休暇が終わる頃になるとかけてこなくなった。寮で会えると考えたのだろう。

悩みに悩んだ結果、真己は大学には戻らなかった。

せっかく三年間必死で勉強したのに、途中でリタイアしたために卒業はできなかった。今でも退学したことは後悔している。

アレックスときちんと話をしなかったことも、本当はずっと後悔していたのかもしれない。

しかし、アレックスも大学に戻ってこなかった真己を日本にまでは追いかけてこなかったのだから、結局カリーナの言葉は正しかったのだと思うしかなかった。九月になって叔父の家から実家のある東京に帰ると、真己はすぐに都内のアパートで一人暮らしを始めた。初めのうちこそ、いつアレックスが訪ねてくるかもしれないと構えていたが、実家に問い合わせもこなければ、本人が来日するでもなく、拍子抜けするくらい音沙汰がなくなった。アレックスが本気であれば、調べようと思えばいくらでも調べられたはずだという思いが真己を更に打ちのめし、やはりカリーナは嘘をついたわけではないと確信させられたのだ。

真己はベンチに凭れかけていた背中を起こすと、立って再び歩き出した。

仲良く腕を組んでブランドショップを出てきた二人の姿が、頭の中を陣取っている。やはりアレックスはカリーナと結婚したのだ。動転していて指輪にまでは気が回らなかったが、あの親密さはそうとしか思えない。

それに認めたくはなかったが、カリーナは確かに美しくなっていた。もちろん昔から整った顔立ちはしていたし、最後に見たときにはスタイルもよくなっていたが、あれからさらに磨きがかかっている。さっきは本気で彼女だとわからなくて、カリーナだとアレックスに教えられて目を瞠るしかなかった。女性は本当に変わる。特に恋をしている女性というのはびっくりするくらい綺麗になるものらしい。

カリーナのことは全然わからなかったのに、アレックスは一目でわかったというのが、真己の気持ちを正直に表している。忘れられるはずがないと思い知らされた気がした。

すらっとした長身を仕立てのいいスーツで包んだ彼は、見とれてしまうほど格好良かった。学生時代は柔和で上品な印象の強かった顔に、今では精悍《せいかん》さと鋭さ、意志の強さと企業のトップに立つ者に必要なしたたかさが加味され、男から見ても羨ましくなるほど魅力的になっている。分厚い胸板に、長い手足、張りのある血色のいい顔。艶やかな黒髪はきちんと後ろに流して整えられていた。いずれをとっても手抜かりがない完璧な身支度ぶりだ。毎日体の鍛錬も欠かさないのだろう。

離れている間にアレックスは二度と手の届かない男になったようだ。

引きかえ、真己の方は何も変わっていない。相変わらず痩せて細いし、髪も気が向いたときに散髪するくらいだ。勤めを辞めてからはついぞスーツなど着たこともない。今日のようにセーターとジーンズのラフな姿は、昔とまるで同じに思われたに違いない。アレックスが真己をわかったのは不思議でもなんでもなかった。

ペニンシュラのアーケードなど歩かなければよかった。

真己はつくづくとそう思い、溜息をもらす。

アレックスは真己のことを日本人得意のパックツアー客だと思っただろうか。小金を使ってわざわざエルメスやヴィトンで土産の小物を買っていたのだと思っただろうか。べつにどう思われても構わないが、少しだけ気恥ずかしい。しかし、単に通り抜けるだけだったと言い訳したところで、鼻にも引っ掛けられなかったに違いない。アレックスにとってはもう、真己がどうしてあそこにいたのかなど、どうでもいいことのはずだからだ。

緑に囲まれた広い公園内をあてもなく歩きながら、自分はいったい何をしているのだろうと考えずにいられなくなる。

再会に、心が困惑したままだ。

最初からアレックスに会うことを目的にしてきたのならば、もう少し違った展開になっただろうが、あいにくと真己にはそういうつもりはまるでなかった。心構えが皆無だったのだ。突然不義理なことをした真己を彼がどう思ったのかという、真己がずっと気にかけてきたことも、聞くことはできなかった。

今度こそ本当に二度と縁のない男になったわけだ。偶然がもう一度あるとは考えにくい。

もしかすると、長旅の前に気掛かりは払拭《ふっしょく》していけ、ということだったのかもしれない。真己はできるだけ前向きに考えることにした。

自分の気持ちに嘘はつけない。

真己はアレックスの存在を過去のことにできていなかった。香港に着いたときからそれは薄々わかっていたが、認めたくなかった。

しかし、一度現実を知らされて、迷いはなくなった。

アレックスにはカリーナがいる。

二人の間に自分が入り込む隙間などない。

これでよかったのだ。真己は明日旅立つ。とりあえずパリに入ったあとは、ヨーロッパ各地をバスや列車、そして徒歩で移動する予定だ。気候のいい五月を選んで出発したのだが、帰国する頃には夏になり、白いと言われ続けてきた肌は真っ黒になっていることだろう。自分でも想像がつかないが、心機一転するにはちょうどいい。

少しずつ気分が明るくなってきた。

真己は腕に嵌めた時計を見た。まだまだ夕食には早いし、宿に帰ってもしょうがない。ガイドブックを捲《めく》ると香港歴史博物館というのがあるので、それを見に行くことにした。


「いったいどういうこと？　なぜあの人があんなところにいたの？」

カリーナの不機嫌はすでに怒りの域にまで達している。

考え事に心を奪われていたアレックスも、生返事をしてごまかすわけにいかなくなった。ホテルで優雅な午後のティータイムを楽しむ人々の気分まで台無しにしないよう、カリーナに刺々《とげとげ》しい口調で食ってかかるのをやめさせなければならない。どうもカリーナは、思うようにいかなくなると頭に血を上らせ、レディらしさをかなぐり捨ててしまう。

「それは俺が聞きたいくらいだ、カリーナ。どういうわけなんだろうな、これは」

あくまで表面上は冷静を装い、口ではそう言いつつも、アレックスは逸《はや》る気持ちを抑えきれずにいた。

これがきっと今朝執事と話していた『いいこと』なのだ。間違いない。何年ぶりかで彼の夢を見た矢先、実際に彼と再会したのだから、それ以外考えられないではないか。四つ葉のクローバーは幸運のしるしだ。古い詩集にあれを挟んだことなど夢で教えられるまで完全に忘れていた。

川岸で草に寝転んでいたときに、あの幸運のしるしを見つけたのは真己だった。彼の細い指を思い出すだけで今でも胸がざわめく。真己はほら、と摘み取って差し出してみせたが、アレックスは四つ葉よりも真己の白い指にばかり気をとられた。せっかく見つけた四つ葉に反応しないアレックスに首を傾げる真己のようすがあまりにも愛しくて、アレックスは大胆にも辺りに誰もいないのを見計らい、腕を引いて体ごと引き寄せ、真己のやわらかな唇にキスをした。キスの間、四つ葉はアレックスの顔の横で微かに震えていた。その後で真己は照れ隠しのように手近にあったあの詩集を開き、どこかのページに丁寧に挟んだのだ。

それから二年後、真己が自分を裏切り、しかもその裏切りを恥じて、アレックスに一言も残さず勝手に姿を消すことになるとは、その時想像もできなかった。

「なんて恥知らずなのかしら、あの人」

カリーナはサンドイッチやマフィンには手もつけず、紅茶ばかりを落ち着かなさそうに口に運んでいる。怒りが治まらないためなのか、指先がぶれて陶器をぶつけるカチャカチャした音を頻繁にたてるのだが、それも彼女らしくない。

「ねぇアレックス。あなたはまさかマサキを許したりはしないでしょうね？」

キッときつい眼差しで睨まれたが、アレックスはそれをさらりとかわしてしまった。

「許すとか許さないよりも先に、俺は彼の口からはっきりとあの時のことを聞きたい」

「どういう意味？」

たちまち彼女の表情が歪む。

「わたしが嘘をついたとでも思っているの？」

「そうじゃない」

ここで面倒なことになるのはごめんだったので、アレックスはすぐに否定した。

「きみが嘘をついたとは思わない。だが、勘違いだったということはあり得る。そうだろう？」

「いいえ、勘違いなんかじゃないわ」

カリーナは大きく首を振り、頑固に言い張る。

「だってわたしは見たんだもの。あの日、マサキはあなたの留守をいいことに昼日中から小間使いのアニタを部屋に呼んで、一時間くらいドアを閉めきっていたんだから。アニタが顔を赤くしてマサキの部屋から出てきたのに鉢合わせしたときには、わたしの方が恥ずかしかった。だってあんまりあからさまじゃない」

「まぁ……確かに……アニタは俺の質問に答えて、マサキに誘惑されたと泣いたが……」

「そうでしょう？　かわいそうにアニタはあのあと小間使いを辞めてフィリピンに帰ったじゃない。彼女は悪くないのに、マサキが卑怯にも一人で逃げたから、あなたの怒りが全部自分に向くのではと怯《おび》えたのよ。あなたが腹を立てていたのはマサキに対してで、彼女を責めるつもりはなかったでしょうにね」

「違う、カリーナ」

　アレックスは顔を顰《しか》め、きっぱりとカリーナの勝手な解釈を否定する。

「もちろん俺はアニタをどうこうする気はなかった。翌日、彼女が辞めたと聞いてびっくりしたくらいだ。前の晩に話をしたときには泣くばかりでまるで要領を得なかったから、もう一度彼女が気を落ち着かせた頃に、あらためて事情を聞くつもりだった。俺は、どうしてもマサキが彼女とそんな関係になったとは信じられなかった。今でも信じてはいない。だから、俺はそのことでマサキを怒ってはいないんだ」

　確かに真己がいなくなったことがわかったときには、荒々しく書斎のドアを立てきって丸一昼夜中に閉じ籠もったが、それは彼が何も告げずに去ったことへの怒りと失意で興奮したからだ。

なにもアニタとの裏切りを信じたせいではない。

アレックスには真己の心を摑んでいる自信があった。真己は自分を愛している。もし浮気をしたのが本当でも、それは文字通り、単なる浮気でしかなかったはずだ。アレックスは一言でいいから真己の口からそれを聞きたかったのだ。それなのに勝手に早合点して、アレックスが許さないと思い込んで姿を消したというのなら、こんなばかげたことはない。アレックスはそこに猛烈な腹立たしさを感じて怒ったのだ。カリーナが考えているような単純な気持ちからではない。

「わたしは嫌よ！」

カリーナはムキになった。

「あなたがマサキを好きだったのはわかるけど、マサキはもともと無理をしていたのよ。なぜ無理をしていたのかもわたしにはわかるわ。もちろんお金目当てよ。本当は普通に女性が好きなのに、あなたと付き合っていれば贅沢ができるから、それで好きな振りをしていたの」

「カリーナ」

アレックスは少しうんざりしてきた。

「憶測でものを言うのはやめるんだ。はしたないぞ」

「憶測じゃないわよ。ねぇ、アレックス、お願いだからもう目を覚ましてよ。いい加減にマサキのことは忘れて」

カリーナの目は媚びるような色になり、さっきまで刺々しかった声も一転してアレックスの機嫌をとるような甘えたものに変わる。アレックスはカリーナにそっと腕を押さえられた。さすがに払いのけるのは躊躇われ、代わりに柔らかく手を摑んで外させる。

「アレックス」

カリーナはきゅっと小作りにできた綺麗な顔に憂いを浮かべ、ごく低い声で囁くように言う。

「……どうしても、女には興味がないの？」

「カリーナ。ここでその話はやめるんだ」

アレックスは冷たくはねつけると、彼女から顔を逸らして紅茶を飲んだ。

べつに女がだめだというわけではない。留学するまでは女性としか付き合ったことがなかった。それが真己を知ってからは、どんな魅力的な女性にも興味が持てなくなった。かといって、男の方がよくなったわけでもない。

カリーナの言うことは的はずれだ。アレックスは決して自分をゲイだとは思わない。女がだめだからカリーナを一人の女性として見ないわけでもない。互いの家が二人の結婚を望んでいるのも、彼女が自分に好意を持ってくれているのも承知しているが、自分の気持ちが真己を求めている以上、アレックスとしてはそれに応えることはできないのだ。

真己だけが特別なのだ。

はっきりそう気付いたのは、真己が中途退学した大学を失意のまま卒業し、香港に帰ってきてからだ。向こうでは極力勉強やスポーツに打ち込み、とにかく真己のことを考えないように努力していた。気を紛らわせてくれる友人たちも大勢いたし、卒業までの一年は無事に証書を受け取るために無我夢中だったから、どうにかやり過ごせたのだろう。

彼女が真己を疑い、彼について毒のある発言をするのはある意味仕方がない。彼女は縁戚関係にある一族の者としてアレックスを心配しているのだ。それでも、本当かどうか何一つ証拠がないのに真己のことを一方的に非難する態度には辟易《へきえき》させられる。

むっつりと黙り込んだまま紅茶を飲み続けていると、カリーナがそっと詫びてきた。

「ごめんなさい。こんなこと言うつもりはなかったのに」

カリーナは神妙な表情をして、アレックスの顔を覗き込んでくる。

「マサキのことは言い過ぎだったわ。謝るわ。だから機嫌を直してよ、アレックス」

この時アレックスはカリーナのことでむすっとしていたのではなかったのだが、眉間に皺《しわ》を寄せて考え込んでいたために、傍目には不愉快にしているととられたのだろう。

アレックスの耳には彼女の謝罪は届いていなかった。

真己のことをどうしようかと、それだけを考えていたのだ。

アレックスはこれほどの偶然をむざむざ手放す気はなかった。

あの場で向き合っていたときは驚きばかりが先に立ち、ろくに話すこともできない不様さを露呈したが、こうしてカフェに落ち着いてからは慎重に計画を練《ね》りあげていた。

時間はほとんどない。真己は明日の飛行機で香港を出ると言った。

出させるものか。アレックスはそう心に誓っていた。

どんなことをしても真己を捕まえて、互いに納得のいくまで話をする。実家にも戻らずどこに隠れていたのか、なぜ隠れなければならなかったのか、どうしても真己自身の口から聞きたかった。あれほど熱心だった大学を放り出してまでアレックスから離れたがったのには、それ相応の理由があるはずだ。フィリピン人の小間使いと一度か二度間違いを犯したからという理由では、どうしても納得がいかない。真己がそういう男だとは絶対に思えないのだ。

六年前、事の直後は真己が動揺していて電話に出たくないのかと考え、無理に追いかけるのを諦めた。日本に帰国したのはわかっていたが、無理をして取り返しのつかないことにしてしまったら後悔しそうだったからだ。どうせ寮に戻ればいくらでも話ができるとタカを括《くく》っていたせいもある。しかし新学期が始まってみると真己は退学届を出していて、その時ようやくアレックスは自分の予測が甘かったこと、予想以上に真己が今度の件を重く考えていることに気付くという間抜けぶりだった。

こうまで頑《かたく》なになるからにはアニタに本気だったということなのか、と悩んだ。同時に、本当は同性のアレックスに抱かれることを屈辱に感じていたのかもしれないと、この期《ご》に及《およ》んで初めて不安になったのだ。アレックスは、真己も自分との行為で快感を得ている、満たされていると思っていただけに、そういう可能性があるかもしれないということにものすごいショックを受けた。だからとても日本に行って真己を捜すことなどできなかった。

いや、それは違う、真己は決して自分との関係に無理をしていなかったはずと、もう何年も考えては否定しているのだが、哀しいかな、いまだに確固たる自信はない。

しかしこんな偶然に、むざむざ手をこまねいて大人しくしているつもりはなかった。

「カリーナ」

アレックスはいきなり椅子を引いて立った。

唐突だったせいか、カリーナはびっくりして、もう少しでティーカップをひっくり返すところだった。

「悪いが今夜のディナーはキャンセルだ。埋め合わせはまた今度させてくれ」

「ちょっ……ちょっと、アレックス！」

カリーナはナプキンを膝から滑り落とし、大慌てでハンドバッグだけ摑むと、アレックスの背中を追いかけてきた。

「どういうつもり？　まさか――」

「急な仕事を思い出した」

皆まで言わせずアレックスは言いきった。

仕事、と言われては、カリーナもそれ以上言葉を続けることができなくなったようだ。憮然とした顔つきのまま黙り込む。給仕係が「お忘れ物です」と言って持ってきてくれたブランド名入りの紙袋を受け取る動作にも張りがなかった。

アレックスはカリーナを助手席に乗せてリン家に送り届けると、そこからはものすごいスピードを出してベンツを飛ばし、自分の屋敷に帰った。


予定よりもずいぶん早く帰宅したアレックスに、執事は驚いていた。

「何かございましたか、アレックスさま」

「あったとも」

窮屈《きゅうくつ》なネクタイを緩めつつ、アレックスはまっすぐ書斎に向かう。子供時代には爺《じい》やと呼んでいた老齢の執事が、その後をついてくる。

「人生に七回チャンスがあるとすれば、間違いなくそのうちの一回だと思えるような素晴らしいことがあったんだ」

「左様《さよう》でございますか。それはようございました」

「朝話していたことが本当になったようだ。おまえのおかげだよ」

おそらく執事には何のことだかさっぱりわからなかったはずだが、彼は余計な質問はしないでただ神妙な顔で相槌《あいづち》を打った。

「アウを呼んでくれ」

アレックスはきびきびした調子で執事に頼む。

「大至急だ」

執事が畏《かしこ》まって退出してからおよそ二十分後、サミー・アウはアレックスの要請どおりに大急ぎでやってきた。

「力を貸して欲しいことができた」

アレックスが単刀直入に切り出すと、三十代後半の小男はくちゃくちゃと嚙んでいたガムをゴミ箱に吐き出し、表情を引き締めた。アレックスは開いているのか閉じているのかよくわからないアウの細い目を見据え、声を一段低くする。

「ある外国人をしばらく香港に逗留《とうりゅう》させたい。今夜いつものようにやってくれ」

「そいつの写真はあるんですかね、だんな?」

「古いものしかないが、これで十分だろう。今でもほとんど変わっていなかった」

両袖机の引き出しからすぐさま取り出した写真をアウの前に滑らせる。レパルス・ベイのザ・ヴェランダで食事をした後、展望台で真己を写したものだ。たくさん撮った中で一番出来がよく、アレックスは彼を思い出すたびにこれを眺めては物思いに耽《ふけ》っていた。

「へぇ……こりゃ日本人ですか。女……いや、男かな?」

「男だ。よく見て覚えてくれ」

アウは軽く一瞥《いちべつ》しただけでさっさと写真を返してきた。真己のような顔立ちの男はそうそういないので覚えるのに苦労はいらないのだろう。

「宿泊先はネイザン・ロード沿いにあるシャーロックハウスだ。ジョーダン駅の南側出口からすぐの小さなホテルらしいが」

「わかりますよ。あそこならよく知ってるんで仕事もやりやすい。で、こいつの名前はなんてんですかね?」

「マサキ・タカツジだ」

真己のフルネームを言うとき、アレックスはぐっと込み上げてくるものを感じた。以前真己が『高辻真己』と漢字表記してみせてくれたことを思い出す。そのときアレックスも自分の中国名を書いてみせた。『羅啓鋭』と書くのだが、読めない、と困惑していた真己の表情をはっきりと覚えている。

アレックスから必要なことを聞くと、アウは野球帽を目深《まぶか》に被り、

「仕事が片づいたら連絡しますよ」

と言い置いて出ていった。

アウはプロだ。任せておけば間違いない。

アレックスは深い吐息をついて革張りの回転椅子に体を預けた。

乱暴なやり方かもしれないが、アレックスはすでに躊躇いを捨てていた。

真己をもう一度手に入れたい。真己が本気で嫌がるのなら無理強いする気はない。だが、根拠もなにもない単なる直感がアレックスに希望を持たせていた。

あの頃のように再び真己が傍にいることを想像すると、それだけで気持ちが高揚する。アレックスの恋はまだ続いているのだ。もし真己の中にも恋の残り火があるとわかったら、どんな努力も厭《いと》わないで彼を口説くまでである。

夢に始まるさまざまな符号がアレックスを勇気づけていた。

真己はきっとアレックスの気持ちをわかってくれるだろう。今ならばアニタについても本当のことを話してくれるに違いない。それだけの年月は十分に経っている。

コンコン、とドアがノックされ、執事が食事の準備をどういたしましょうかと聞きに来た。

「九時過ぎに軽いものを食べられるように用意してくれ。急に予定を変更して悪かったとシェフに伝えてほしい」

「畏《かしこ》まりました」

「それからお茶を頼む。喉が渇いた」

「すぐにお持ちします」

いつも以上に生き生きとしている自覚がアレックスにはあったが、長年傍にいる執事にもそれははっきりと伝わっているようだ。心なしか彼の表情まで溌剌《はつらつ》としている。

「じい」

出ていく寸前だった執事を呼び止めたのは、ちょっとした悪戯心が働いたせいだった。

なんでしょうか、という表情で執事がアレックスの言葉の続きを待ち構えている。アレックスは含み笑いしながら思いきって聞いてみた。

「もし俺が父たちの望むようにカリーナと婚約せず、外国人をパートナーに選んだら、おまえはどう思う？」

「はぁ。どうとおっしゃられましても」

さすがの執事も当惑を隠しきれず歯切れの悪い返事をする。

「アレックスさまが選ばれる方でしたら、ここにいる皆は承知するかと存じますが」

「そうか」

アレックスはうっすらと口元に笑みを浮かべ、執事を下がらせた。

本当は、もしその相手が男だったらどう思うか、と重ねて聞いてみたかった。だが老いた執事の心臓にいらぬ負担をかけても悪いと考え直し、さすがにそれはやめておいたのだ。


歴史博物館を見た後、隣接する香港科学館を覗いていたら、すっかり日が暮れた。

腹の虫が鳴いているので、繁華街まで歩いて、適当に見つけた食堂に入った。そこは粥《かゆ》と麺《めん》類の店で、メニューにあった『京都炸醬麵』というのを注文してみると、どうやら日本ではジャージャー麺というものらしかった。真己は食が細い質《たち》なので、常日頃からあまり食べ物に興味がない。丼に盛られたものを全部食べるともうお腹がいっぱいになり、デザートを試す余力はなくなっていた。麺はとても美味しかったから、デザートにも期待ができそうだった。惜しかったが仕方がない。

真己は支払いを済ませると店を出た。

香港随一の繁華街は、赤や黄、青などの、ありとあらゆる色を垂れ流しにしたような華やかなネオンで飾りたてられていて、通りをびっしりと人と車が埋め尽くしていた。この雑多な雰囲気が、香港に来た観光客に、ここが最も香港らしい場所だと感じさせるのだろう。

明日は早くにホテルを出なくてはいけないから、そろそろ部屋に戻って体を休めようと思った。次のフライトは長時間だ。ゆっくりして疲れを取っておきたい。

今日は本当に身も心も疲れた。午後に到着したばかりだったのにあちこち忙しく移動して回り、少し無理をしたようだ。それになにより、アレックスと鉢合わせた衝撃がまだ尾を引いている。あまりにあまりな偶然の悪戯だった。

交差点を渡ろうとしたとき、信号が点滅し始めた。真己は次の青信号で渡ることにして、道路のすぐ手前に立ち止まった。

まだまだ香港は宵《よい》の口、溢れんばかりに通りを埋め尽くす人の波はいっこうに引かない。この街は本当にエキセントリックだ。おもちゃ箱をひっくり返したような面白さと猥雑《わいざつ》さ、チープさがある。そしてそのめちゃくちゃに散らかしたがらくたの中に、ついぞ忘れていたような宝物や懐かしさが隠れていたりもするのだからたまらない。この魅力に取り憑《つ》かれた人は、きっと麻薬中毒者が麻薬を欲しがるように何度でも香港を訪れてしまうのだろう。

アレックスも生まれ育ったこの街が好きだと言っていた。そしてその言葉どおりまだここに住んでいるらしい。彼が自ら進んで欧米に移り住むとは思っていなかったが、カリーナはそれを望んでいたはずだ。もし二人が結婚していれば、アレックスは彼女のためにどこかに新しい落ち着き先を探した気がする。彼は愛情の深い男だから、愛する人に傾ける情熱の強さは人一倍だ。穏やかで、めったに感情を顔には出さないが、ふとした弾みに受け止めきれないほどの熱烈な思いをぶつけてくることがあった。

真己はアレックスを知ってから、他の誰にも心惹かれなくなっていた。帰国してからずっと一人で過ごしたのはそのためだ。好きでもない人と付き合うなど真己にはできない。たぶん不器用なのだろう。男性からも女性からも誘いは何度か受けたのだが、そのたびに首を横に振ってきた。

——淋しい。

昨日までは感じなかった淋しさが突然湧いてくる。

彼を見たせいだ。懐かしさと親しみと、まだ冷めていなかった愛情とがいっきに心を襲ってきて、泣きそうになる。

なにを感傷的になっているんだろうかと唇の端を噛んだ。

そのとき、こちらに向かって突っ込んでくる乗用車が目に入った。

びっくりして咄嗟《とっさ》に後退る。ドン、と背後にいた人に肩がぶつかったが、詫びる間もなかった。

車は舗道から五十センチという際どい位置でハンドルを切り直し、横断歩道の真ん中に停止した。

幸い怪我人は出なかったものの、真己の傍にいた女性の上げた悲鳴で、その場はちょっとしたパニックになった。

誰も彼もが怒声を発し、近くにいる人と押し合いへし合いしている。なにやってんだバカヤロー、と口々に運転手を罵る声が飛ぶ。すいません、すいません、と赤ら顔の大男が太い首を竦《すく》めて繰り返している。

事故には至らなかったので、騒動は信号が変わるまでの短い間のことだった。乗用車の男は、歩行者用の信号が青になる寸前、まだ心臓に冷や水を浴びせかけられた気分で蒼白な顔をしていた真己に頭を下げ、神妙な調子ですいませんでしたと謝ると、そのまま車を発進して去った。

歩行者が後ろからどんどん真己を追い越して道路を渡っていく。

流れ出した人の群に、真己も気を取り直して歩き出す。さっきは本気で轢《ひ》かれるかと思った。怖かった。まだ少し指先や足が震えている。海外で交通事故死など悲惨だ。気をつけないと、と噛みしめる。もっともさっきのような場合は、気をつけようにもつけようがないのだが。

通りの反対に渡りきったとき、ふと真己はジーンズのポケットに手を触れて愕然とした。入れておいたはずの札入れがない。

サッと血の気が引く。

いつ、どこで。真己は混乱する頭で必死になって考えた。落としたのだろうか。それともまさかすられたのだろうか。麺粥屋を出るまでは確かにあった。真己は食事の代金を払った後、札入れをポケットにしまったのだ。はっきり覚えている。

慌てて今渡ったばかりの横断歩道を引き返す。点滅が赤になる寸前の強引な横断に、地元の老人がぶつぶつと広東語で文句らしき言葉を呟きながら呆れた顔をしていた。

真己は食堂からここに来るまで通った道を辿りながら、目を皿のようにして札入れが落ちていないかと探した。万一落としたとしても、とっくに誰かに拾われただろう。警察に行ったところで届けられている可能性はまずないと思わねばならない。中身が少額の香港ドルとクレジットカード一枚だったのが不幸中の幸いだ。

通りには落ちていないことを確かめると、真己はすぐに手帳を捲《めく》って、控えておいたクレジット会社の緊急電話番号をダイアルした。カードはすぐに無効化してもらったが、再発行には時間がかかりそうだ。少なくとも明日の便で香港を出るまでにはどう足掻《あが》いても間に合わない。次の逗留先であるパリで手続きするしかなかった。

「なんてついてない……」

落としたのならばともかく、摺《す》られたとすれば――。そう思うと苦々しさが込み上げる。

摺られたとしたら、たぶんさっきの騒ぎのときに違いない。真己は背後にいた人に自分からぶつかっていったことを思い出し、あの時だったかも、と考えた。轢かれかけた上に混乱に乗じて財布まですられては堪《たま》らない。いつもは穏健な真己でも腹が立つ。香港が嫌いになる前に、宿に戻って寝てしまうことにした。どうせ時間の無駄だと思い、警察にはもう行かなかった。

真己が取ったホテルは、学生や金を掛けたくない者にはありがたい低料金の宿だ。ベッドを置いただけでいっぱいになる狭い部屋には圧迫感があったが、いちおう部屋ごとにトイレ・シャワーがついている。一晩寝るだけならば十分だった。

重い足を引きずるようにしてドアの前まで辿り着いた真己は、鍵を開けて室内に入って明かりのスイッチを入れた瞬間、またしても愕然とした。

スーツケースが開けられていたのだ。狭い寝台の上でぱっくりと開かれ、中を物色されたのが一目でわかる。ぐしゃぐしゃに引っ掻き回されたというより、ポイントを押さえて目的のものだけを素早く探したような感じだ。素人ではない。それは手際よく壊されている鍵を見ても明らかだった。相当慣れた人間の仕業《しわざ》だろう。

「今日は厄日なのか」

真己は膝を折って床にへたりこみそうになる。なぜこうも次から次へと不幸に見舞われるのか、呪われているとしか思えない。幸先が悪すぎる。あまりのことに感情が麻痺してしまい、怒りも悔しさも歯がゆさも表に出てこなかった。

のろのろと貴重品を入れておいた金庫に近づき中を確かめる。クローゼットの中に置かれた形ばかりの金庫は、部屋と同じ一つの鍵で開け閉めするようになっていた。部屋の鍵が開けられているのだから、これも当然開けられているだろう。

案《あん》の定《じょう》扉は開きっぱなしになっていた。予想はしていたが、やはり盗まれているという事実には衝撃を受けた。パスポートから予備の現金、トラベラーズチェックに至るまで、そっくり盗られている。現金はスーツケースの底にも分けておいたのだが、泥棒はそれも見逃していなかった。無慈悲なまでにすべて持ち去られているのだ。

どうすればいいのかわからなかった。

海外には何度も行ったが、かつて一度たりともこんな災難に見舞われた経験はない。ほんの一晩とセキュリティの甘いホテルを選んだのが間違いだった。これではもう、明日の飛行機はキャンセルするしかない。パスポートがないとなれば、手足をもぎ取られたも同然だ。日本に帰国することすらままならない。

とにかくフロントに行って事情を話さなければいけなかった。日本に電話していくらか送金してもらわない限り、どうにもならない。

ショックでふらつく足を踏ん張り、部屋を出ようとしたときだ。枕元の電話が鳴り出した。場合が場合だっただけに、真己はビクッと全身で反応してしまう。いったい誰がかけてきているのか見当もつかない。受話器を取るのが怖かった。もうこれ以上のトラブルはごめんだ。

しかし、呼び出し音はずっと鳴り続けていて、真己が出るまでやみそうにない。

真己は覚悟をつけて受話器を取り上げた。

「ハロー」

誰だかわからないので、とりあえず英語で応える。

『俺だ』

相手の声を一声聞いた途端、真己は受話器を強く握りしめ、耳に神経を集中した。

『アレックス・ローだ。昼間は失敬したな、マサキ』

間違いなくアレックスである。真己は息を呑む。どう返事をしていいかさっぱり思いつけずに焦った。

『……マサキ？　もしかして誰かと一緒か？』

「いや、あの……僕は一人だけど」

この時真己の頭の中からは、パスポートや現金といった貴重品を盗られてしまったことが瞬間的に消し飛んでいた。先にフロントに行って、アレックスのことはその次にすべきなのに、いとも簡単に順序が逆転してしまう。真己の中におけるアレックスの優先順位は自分が考えている以上に高かったらしい。

『声が不安そうだが、なにかあったのか？』

真己はドキリとした。

なぜそんな些細な変化がアレックスにわかるのか意外だ。毎日会っていた昔ならともかく、今でも言い当てられるとは、彼がよほど真己のことを知り尽くしているということになるのだろうか。

盗難に遭ったことを話すべきか黙っておくべきか真己は悩んだ。今の二人の立場はあまりにも不透明だ。真己にはアレックスが電話を寄越した意図が今ひとつわからない。どこに泊まっているのかと聞かれはしたが、あんな質問は単なる社交辞令で意味はないと思っていた。まさか実際に電話をかけてくるとは露ほども考えずに教えたのだ。

真己が迷っているうちにアレックスは返事を聞くことを諦めたらしい。どのへんまで立ち入っていいのか決めかねているのだろう。二人の関係が前とは違うことは彼も重々承知しているのだ。特に声だけの電話では相手の表情が見えない分、余計に気を遣う必要がある。真己は少しもどかしさを覚えたが、アレックスがどう感じているかはわからなかった。

『本当は今夜食事に誘うべきだったかと後悔していた』

アレックスは静かな口調で言う。そこには過去のしがらみは何も窺えない。

「カリーナと二人でいるところに入り込むわけにはいかなかったよ、アレックス」

精一杯感情を押し殺して真己も淡々と喋った。

「それに僕と一緒だと、予定していたレストランには入れてもらえなかったんじゃない？」

あくまで場を和ませるための冗談のつもりだったのだが、アレックスは少し不機嫌になったようだ。声がさっきより硬くなった。

『カリーナは関係ない。それから、俺の連れを断るような店は香港にはない』

「……うん……そうだろうね」

『マサキ、本当に明日ここを発つのなら、今からちょっとだけ会えないか。一時間ほどでいいからバーで飲もう。そこまで俺が迎えに行く。せっかくこんな形で再会したんだから、過去は抜きにして昔なじみとして話がしたい』

「アレックス」

どう返事をすればいいのか真己は困った。盗難のことが改めて頭に浮かぶ。しかしそれをアレックスに告げて驚かせては悪い。別れて何年も経つのに、こんな場合にだけ彼を頼りにするのは現金すぎる気がする。今はもう関係のない人だと思えば遠慮が先に立つ。

真己は心細さを耐えて、何事もないかのような明るい声を出そうと努めた。

「ごめん、明日早いから今晩は早めに寝たいんだ」

『今晩はと言うが、今晩でなければ次にいつ会えるかわからないのにか？』

アレックスの声には苛立ちが混じっている。

『何か俺に隠していないか、マサキ？　無理をして隠そうとしているようだが、俺はごまかされないぞ。さっきも声が震えていた』

ずばりと切り込まれ、真己は言い抜ける自信がなくてどんな言葉も発せなかった。

アレックスが更に追い打ちをかける。

『俺と話をするのがそんなに嫌か？　それとも何か他に理由があるのか、どうなんだ？』

言葉の中に納得できるまで退《ひ》かない強い意志が見え、真己はいつまでも黙り続けていることができなくなった。

「……実は……部屋に強盗が押し入って貴重品をそっくり盗まれてしまった。手持ちのお金も街で落としたみたいで、お金がまったくない。おまけにパスポートもチケットも盗られてしまったから、明日の飛行機にはとても乗れそうにないんだ。これからフロントに連絡して警察に来てもらわないといけない。明日は総領事館だよ」

アレックスも驚いて咄嗟に声を出せなくなったらしい。受話器の向こうは暫《しばら》くしんとしていた。

しかし、ややして彼が再び口を開いたときには、頼もしい口調になっていた。

『なぜ最初にそれを言わない。相変わらず変なところで強情なやつだな、おまえは』

それは心配をかけるのが嫌だったからだ。喉まで出かかったが、真己は言葉に出しては言わなかった。よく考えると、アレックスが真己を心配すると最初から決めつけるのは、いささか厚かましい気がする。アレックスにはそんな義理はないのだ。

『明日は日曜だぞ』

あっ、と真己は言われて初めて気がついた。うっかりしていたが、もしかすると総領事館も休みなのかもしれない。落ち着いて考える余裕をなくしていた真己は、アレックスの言葉に咄嗟にそう思って自分の迂闊《うかつ》さを恥じた。緊急時に備えて臨時職員がいるはずだということには頭が回らなかったのだ。

アレックスは、真己に考える間を与えないようにするかのごとく、畳《たた》みかける。

『とにかく、明日でいいから会おう。警察に行ったところですぐに犯人を挙げてくれるわけじゃない。それに、わかっているとは思うが現金は諦めるんだな。手持ちがないのなら意地を張っても仕方がないだろう。どうして俺を頼らない。ウインザーホテルの向かいにパラティーノというパスタとピザの店がある。そこに十一時半だ』

いいな、と念を押された時、真己は逆らわずに頷いた。確かに今は虚勢を張っているときではない。むしろアレックスという頼もしい知人がいることを幸運に思うべきだった。

真己に約束をさせると、アレックスは自分から警察に連絡を入れておいてやる、と言って電話を切った。最初から最後まで真己はアレックスに振り回されっぱなしだった気がする。だが助かったのは事実だ。

フロントから電話がかかってきて、大慌てで支配人が飛んできたのはその五分後だ。警官二名も一緒である。頭の禿《は》げた支配人は真己がアレックス・ローと知り合いだとわかったせいか、宿代のことなどおくびにも出さない。その代わり興味津々といったぐあいにしつこく見つめられ、困惑させられた。

「常習犯だな。それもかなりのプロだ」

警官たちが難しそうな顔をしている。彼らのようすを見る限り、犯人が捕まる確率は相当低そうだ。

「目星を付けられた上、出掛けるところを見られていたんじゃないかな。不審者に気付かなかったかい？」

「……いいえ」

「日本人は狙われやすいんだよなぁ。今度からはもっと警戒心を持たなきゃ」

真己が素直に頷くと、警官の一人は同情に満ちた目をくれたが、ロー家の人間と知り合いなら心配はいらないだろう、と呟いた。

　調書を作成して紛失届の発行をするので署まで来るように言われ、真己は疲れた体を引きずるようにしてついていった。幸いにも警察署はホテルから目と鼻の先だった。そこで一通り彼らの質問に答えて、なくなったものをリストアップしていく。やはり、お金やカード、チケットとパスポート以外いっさい手をつけられていなかった。ついでに先程街中で札入れをなくしたことを告げると、彼らは呆れ果てたような目で真己を見た。こんなにぼんやりした観光客も珍しいと思ったのだろう。悔しいが真己も自分でそう思う。

　警察からホテルに戻ったら十二時過ぎていた。

　真己はそのままシャワーも浴びずにベッドに倒れ込んだ。

　長すぎた香港での一日は、こうしてようやく終わったのだった。


　半ば強引に真己と約束を取り付けたアレックスは、彼に告げた時間より三十分ほど早くから店内にいた。予約してあるフロアのテーブル席にはまだ着かず、カウンターに凭れてタバコを吸う。すぐ傍らにはアウが見ず知らずの他人のようにして座っており、ズルズルとパスタを食べている。

アレックスは出入り口に視線をあてたまま、決してアウを見なかった。アウも黙々と料理を口に運んでいる。

「で、彼の財布とパスポートはどこにある？」

煙を吐き出すとき一緒に低くした声も出す。先程から会話は常にこうしてなされていた。傍から見れば二人が話をしているとは気がつかないだろう。アレックスは無表情に徹しており、できるだけ手短に済ませられる言葉を選んでいるため、ひどくそっけない口調だった。

「今朝郵便局からだんなのお屋敷宛てに投函《とうかん》しときましたぜ。明日の午前中に届きますさぁ」

「ふん、よくやってくれた。報酬はいつもどおりに手配しておく」

「助かりますよ、へへ」

「それにしても、相棒に車で突っ込ませるとは危険なことをしてくれたものだな」

アレックスはこれだけは苦々しく思っていた。誰一人怪我がなかったからよかったものの、そんな手の込んだことをしなくてもよさそうなものだ。万が一にでも真己が傷つくようなことになっていたら、アレックスはアウを許さなかっただろう。

「なぁに、ちょっとヒヤリとさせてやった方が、次のホテル荒らしがより効果を発揮するんですよ。第一、相棒は運転のプロだ。絶対人にぶつけたりなんかしませんやね」

アウの方は飄々《ひょうひょう》とうそぶく。

「おかげで、だんなの電話にもすぐ泣きついてきたんでしょ。よかったじゃないですか」
べつに真己は泣きついたりしなかった。むしろ気丈に振る舞っていたと思う。それでも最終的にアレックスに押し切られるままになったのは、相当堪《こた》えていたせいだろう。神経を磨り減らせるようなことをして悪かったとは思う。しかし、それ以上に真己をこのまま行かせたくない気持ちの方が勝っていた。

店の前の通りを注視していたアレックスの目に、やがて待ち人の細い姿が入ってきた。こちらに向けてゆっくりと歩いてくる。足運びに僅かな躊躇いが含まれている気がする。たぶん真己はアレックスと向き合うことをぎりぎりまで逡巡しているのだろう。約束の時間より早めにやって来たのは、気持ちを落ち着かせる余裕をつくるために違いない。

真己が近づくにつれ、アレックスも次第に緊張してきた。

見れば見るほど真己は昔のままだ。今年二十七になったはずだが、以前同様細くて綺麗で、世間知らずの学生のような雰囲気をしている。真己の茶がかった大きな瞳でじっと見つめられると、アレックスはいつも胸がざわめいた。初めて握手をしたときからこうだった。真っ直ぐこちらを見つめる瞳にはこれっぽっちの邪気もなく、彼の純粋で誠実で濁ったことにはまるで縁がなさそうな清廉さに強く惹かれた。ましてそれが単に見てくれだけではなく、本人の性質そのものだと知らされるにつれ、男だろうがなんだろうが、抱きしめずにはいられなくなったのだ。

アレックスの懐《ふところ》にすっぽりと収まってしまうあの細身を、両腕でぎゅっと抱きしめることを想像する。それだけでアレックスは熱くなれた。明るい色のサラサラした髪に鼻を埋め、背中やうなじを手のひらで撫でたい。

あれほど想い合っていたはずなのに、なぜ離ればなれになってしまったのか、アレックスはどうしても知りたかった。

今度こそ真己の口を割らせてやる。

なぜ黙って逃げたのか、アニタが原因なら彼女をどう思っていたのか、それとも何かそれ以外の理由があったのか。こうして再会した以上、互いの気持ちを包み隠さず打ち明け合うことは必然のような気がする。

とうとう真己が入り口に姿を現わした。

ふと横を確かめたアレックスは、いつのまにかアウが消えていることに気付き、満足した。

「マサキ」

カウンターに凭れたままで真己に向かって片手を上げて合図する。真己はすぐに気付いて、軽く目を見開いていた。まさかアレックスが先に来ているとは思っていなかったようだ。

真己は覚悟を決めたような表情をして、少しだけ足早になり、アレックスの傍まで寄ってくる。

今日の姿はクリーム色の長袖シャツにカーキのサファリパンツといったぐあいで、腰の細さが目立つ。アレックスはこの腰がどんなふうに自分の下で悶えるのかをよく知っていた。ゾクリとしたものが体の奥から込み上げる。慌てて視線を転じれば、無造作に折られたシャツから覗く腕が目に入る。骨張っているのと白いのとに驚かされた。あまり食事を摂《と》らない男だから、なかなか太れないのだ。そこも変わっていないらしい。

「ごめん、待った？」

「時間が余ったから早めに来ていただけだ。約束の時間にはまだずいぶん早い」

「そうなんだけど、びっくりして。もしかして僕が時間を聞き違えたのかと心配になった」

「相変わらずだな」

他人に負担がかかること、迷惑をかけることを、真己は常に気にする。アレックスはときどきそれが焦《じ》れったかった。自分に対してだけはもっと遠慮しないでもらいたかったのだ。真己は誰に対しても細やかに気を回し、過ぎるほど人がよかったものだから、ときに貧乏籤《くじ》を引かされることがあった。ちゃっかり者たちの間でいいように利用されている真己を見ると、アレックスは放ってはおけなくなって結局自分も巻き込まれる羽目になる。真己のためだからそれはそれで構わないが、あまり何度もこんな事があると、真己の周囲に睨みを利かせるようになった。真己はきっとそんな裏のことは何も知らなかっただろう。

カウンターの前でいつまでも立ち話しているわけにもいかない。

アレックスは予約しておいた一番奥まった窓辺の席に真己を連れて移動する。

明るい日差しの中で向き合って座ると、真己は照れくさそうに長い前髪を掻き上げて目を伏せた。きっとアレックスが無遠慮に彼の顔を見るからだ。

「六年ぶり……だね、アレックス」

やっと真己の方から本題に触れてきた。

「ああ」

俺はずっと会いたかったんだと言ってやりたかった。だが、真己が微かに苦しそうな表情を浮かべたので、寸前でやめた。たぶん、真己も辛かったのだ。どういうふうに辛かったかは聞いてみなければ定かではないが。

「ずっと香港にいたんだね」

「俺が香港を捨てたとでも思っていたのか?」

「もしかすると、そうかもしれないというくらいにだけど」

真己は訥々《とつとつ》とした口調で、控えめに喋る。何かに遠慮しているような感じだ。アレックスは真己のそんな態度がしっくりこなくて眉根を寄せた。

そもそも、アレックスが香港を離れなかった一番の理由は真己だ。もしまた真己がアレックスに連絡をとる気になったとき、アレックスが他の国に移っていては元も子もない。何度言われても頑《かたく》なに移住を拒否し続けたのは、真己と本当に縁が切れてしまうのを恐れたせいだった。そしてアレックスのその判断が正しかったことは、今、証明されている。

「カリーナは移住したがっていたんじゃなかった？」

「そうみたいだな」

真己はなぜか二言目には彼女のことを口にする。二人を見ている限り気が合っているとはとても思えないのに、なぜなのか不思議だ。アレックスは真己とカリーナの話などしたくない。それよりもっと大切な、二人のことが話したい。それから、例のアニタのことも、真己が嫌でなければ話して欲しかった。

「……マサキ。聞いてもいいか？」

アレックスがあらたまった態度をみせると、真己はさっと緊張した。

「アニタのことを覚えているか？」

迷いを捨てて率直に聞く。

真己は拍子抜けしたように肩の力を抜き、澄んだ瞳に戸惑いを浮かべた。

「アニタ……？　えっと、ごめん、誰だったか今すぐには思い出せない」

アレックスはまじまじと真己の目を凝視した。真己は目を逸らさずにアレックスを見返した。

嘘はついていない。

いっきに気が抜けた。真己はアニタを覚えていないのだ。ではいったいこの六年はなんだったのだろう。やはりあれはカリーナの誤解だったのだ。いったいなぜアニタが泣いたり辞めたりしたのかという新たな謎は浮かんでくるが、アレックスにとっては真己の方が重要で、彼女の妙な行動を今更蒸し返す気にはならなかった。要は、真己はアニタと何かあったからアレックスから離れたわけではなかったのだと確かめられればよかったのだ。

「なんでもない」

記憶を辿ってアニタという名の人物を思いだそうと努力している真己を、アレックスは発言を翻《ひるがえ》すことで遮った。

「つまらないことだ。忘れてくれ」

真己は納得していないようだったが、首を傾げながらも頷いた。

本来ならばこの場ですぐにでもあの時の事情を聞きたかった。いったいどうして突然帰国したのか、アニタでなければ何が原因か、聞きたくてたまらない。しかし、真己と向き合っていると今の彼が過去を蒸し返す会話を交わしていられるほど余裕のある状態でないのがわかる。下手に刺激して頑なにさせ、揚げ句また逃がしてしまうより、持久戦でいく方がいい。

アレックスはそう考え、話題を変えた。

「それより、大変な目に遭ったようだな」

「そうなんだ。まさかこんなに立て続けにひどい目に遭うなんて思わなかった」

真己の顔がにわかに曇る。海外にはそれ相応に慣れているはずだか、さすがに不安そうだ。アレックスは良心の痛みに耐えながら素知らぬ振りを通した。万一これが自分の差し金だとバレでもしたら、ますます真己の心は自分から遠のくだろう。いくら他にやりようがなかったとはいえ、いささか強引すぎた自覚はある。

「困っているのなら、うちに来い」

「えっ？」

真己ははっきりと当惑した。

しかしアレックスは知らん顔で畳みかける。有無を言わせる気はなかった。

「どうせ暫くはどこかに泊まらなければならないんだろう。だったら俺のところが一番安全で安上がりだとは思わないか？　おまえとは昔のよしみだ。遠慮する必要はない」

「嬉しいけど、アレックス、でも……」

「俺から金を借りるのが嫌なら、アルバイトをする手もある」

「アルバイト？　なんの？」

「うちの屋敷にある書庫の整理と目録作りだ。ちょうど人を探そうと思っていた。それならちょうどいいだろう。どうだ？」

真己はまだ少し迷っている。突然すぎてすぐには決められないでいるのだろう。強情なやつめとアレックスは胸の内で苦笑する。どうせほかにやりようもないくせに。肝心なところで素直にならないのは真己の悪い癖だ。そこがまた簡単でなくて面白くもあるのだが、こういう場合はもっと素直になるべきだろう。

「どうするんだ？　このままあの安宿に一人で何日も籠《こ》もって、パスポートやカードが再交付されるまで憂鬱に過ごすつもりか？　どのみち今日中にでも多少の金は必要だろうが。もっとも、こんな緊急事態になっても俺のことが嫌だから世話にならないというのなら、それはそれで俺も仕方がないと諦めるしかないが」

真己が驚いて唇を開きかけたが、無視して続ける。

「この際だから遠慮せずに本音を言ってみろよ、マサキ。……俺が嫌いか？」

「嫌いじゃ、ない」

アレックスは真己の返事を聞くと、いくぶん険しくしていた表情を緩めた。

「だったら、俺のところに来い。いいな」

もう一度念を押す。

真己は躊躇いを捨てるように、一度軽く唇を引き結ぶと、さらりとした髪を揺らして頭を下げた。

「わかった、アレックス。お世話になるよ」

再び顔を上げたとき、白皙《はくせき》がほのかに赤らんでいた。

アレックスは真己をその場で抱きしめたくなったががまんした。

大切なのはこれからだ。


事態はますます真己の予測しなかった方向に進んでいる。

ピザとビールでブランチした後、真己はアレックスと一緒にロールスロイスの後部座席に乗り、香港島に向かっていた。

トランクには真己のスーツケースが積まれている。アレックスは早速真己を自邸に連れて帰ることに決めたのだ。一泊分のホテル代も彼が小切手を切って精算した。どのみち真己は一文無しだったので、アレックスと一緒でなければなにもできないのは事実である。ちょっと強引さが鼻につくが、感謝するべきなのだろう。

アレックスはゆったりとシートに体を預け、瞑想に耽るように目を閉じている。真己はそれをちらりと横目に見ただけですぐに視線を下に向けて逸らす。あまり見ていると彼と目が合いそうで、そうなると戸惑うのは自分だったから、それは避けたかった。気恥ずかしさときまりの悪さが真己を無口にしている。アレックスとなにをどう話せばいいのか、真己はずっと悩み続けていた。

スーツの上で組まれたアレックスの指は長くて大きい。清潔に手入れされた爪は健康的で艶やかな色をしており、彼の生活が非常に優雅で規則正しいことを想像させた。装身具の類は腕時計とカフスボタンしかつけてない。指輪を嵌めていないのが少しだけ真己の憂鬱を軽くした。どうやらカリーナとはまだ婚約状態のままらしい。結婚しているのかどうかどうしても聞けなかったが、アレックスの言動には妻がいると思わせるところが皆無だった。

アレックスの屋敷にカリーナがいるのなら、さぞかし気が重い滞在になっただろう。彼女にはほとんど憎まれてさえいたし、今でもその感情は変わっていないようだ。昨日ちらりと視線を交わしただけでもそれが如実《にょじつ》に伝わってきた。カリーナが真己を恨めしく思うのはしょうがない。誰だって許嫁《いいなづけ》が海外留学中に恋人をつくっていたら哀しくなる。それがいくら遊びでも許せないと思うのが当然だ。

本当にアレックスの世話になってもいいのだろうか。

真己は海底トンネルを抜けて中心街を走りだした車の窓に顔を向けた。

予期せぬ出来事が頻発して思考能力が鈍っている。当初の予定通りなら今ごろは飛行機に乗って空を移動しているはずなのに、現実は車の中だ。それも、アレックス・ローのお抱え運転手つき高級車。真己にも少しだけシンデレラの気持ちがわかった気がする。

「何を考えている？」

不意に、横から声をかけられた。

真己が慌てて振り返ると、アレックスは目を開き、鋭いグレイの瞳でじっと真己を見つめてきた。

「俺の屋敷に行くのは怖いか？」

怖いかと聞かれるとは思わなかったので、真己はまたもや返事に窮した。なぜそんなふうに聞くのかわからない。昔のことを思い出すのが怖いかという意味だろうか。それならば確かに少し怖い。アレックスの屋敷にいたときのことを思い出すと、当然ながら最初の頃の楽しかった記憶もよみがえる。今別れている現実を考えると、それが二度と手に入らない夢だと痛感させられ、あの頃には戻れないと思い知らされるようで苦しい。

カリーナに嘲笑されて飛びだして以来、こうしてアレックスと向き合うのは初めてだ。

この先アレックスとどんな関係に収まるのかはまだわからないが、過去をまったく無視するほどには強くなれていない。何かの拍子にあっさりと自分の弱さを露呈してしまいそうで、なるほど確かに怖い気はする。

「マサキ」

アレックスが真摯《しんし》な声でマサキを説得するように言った。

「俺はなにもおまえに無理強いはしない。それだけは心に留めておけ。そして、もし俺の行動に不快を感じたら、はっきりとそう言ってくれ」

「わかった」

真己が答えると、アレックスは更に、低くした声でぽつりと付け足した。

「今度はもう黙って行かないでくれ」

この一言は利いた。

真己は何も言えず、アレックスが再び目を閉じてからも、彼の端正な顔から暫く視線を逸らせなかった。

■bewilderment

豪華な装丁《そうてい》の美術全集を棚から下ろして丁寧に埃《ほこり》を払い、いったん所定の場所に積み上げておく。移動には台車を利用しているのだが、こうして棚を回るたびに書籍が増えていくと、積み卸《おろ》し作業だけでも結構な体力を使う。屈《かが》んだり立ったりが頻繁なので腰も痛くなってくる。真己は額に薄く滲んでいた汗をハンカチで拭いながら、ふう、と息を吐いた。

「タカツジさま」

書庫の入り口からロー家の執事が顔を覗かせ真己に声をかける。

「そろそろ一休みなさいませんか。居間でアレックスさまがお茶をご一緒したいとおっしゃってます」

「はい。わかりました」

たまたま一段落ついたところだったので、真己は執事と並んで廊下を歩いた。

老齢の執事は袖まくりしてエプロン姿の真己を見ると、気の毒そうな顔をする。

「ここ十年ほどは本格的に書庫の整理をしたことがありませんでしたから、さぞかし大変な作業になっているでしょう。申し訳ないです。当家には私のような老いぼれか、小間使いの女性しかおりません。若い男手の必要なああいう作業はつい後手後手になっておりまして。もしなにかお手伝いが必要なときには、ご遠慮なく声をおかけください」

「ありがとうございます。でも慣れているから大丈夫ですよ。こう見えても体力はあるんです」

「それにしてもまぁ、本当にお久しぶりでございます」

執事はあらたまってそう言うと、横を歩く真己をつくづくと見る。

「アレックスさまが突然ゲストルームを用意するようにとおっしゃったときには、いったいどなたが、と訝《いぶか》しく思いましたが、まさかタカツジさまとは想像もいたしませんでした」

「ご無沙汰してました」

二ヶ月近く世話になっておきながら礼のひとつも言わないで勝手に出ていったことを、真己はあらためて恥ずかしく思い、恐縮した。執事も当時はさぞや呆れたことだろう。それでも彼はそんな態度は微塵《みじん》も見せず、むしろ真己の再訪を歓迎してくれている。

「アレックスさまが案外社交嫌いでして、当家には滅多にお客さまをお泊めすることがありません。タカツジさまがいらしてくださって皆喜んでおります。急いで部屋の準備をしましたので、もしなにか不足がありましたら小間使いにお申しつけください。以前はアニタがお世話したかと存じますが、今は――」

「あの」

昨日アレックスが意味ありげにちらりと言っていた名前がまた執事の口から出たので、真己はつい遮ってしまった。

アニタというのが誰だったかずっと心の隅に引っ掛かっていた。絶対に知っている名だとは思ったが、大学時代に知り合った女性たちを片っ端から思い浮かべても行き当たらず、どこでどう関わった人なのかまるでわからずにいたのだ。小間使いの名前とは気付かなかった。そういえば確かにあの可愛らしい顔をした彼女は、アレックスやカリーナからそんな名前で呼ばれていたような気がする。直接自分から彼女に話しかけたことがなかった真己の記憶は、そんなわけで曖昧《あいまい》だったのだ。

執事の言葉からアニタが誰のことかわかったのはいいが、今度はなぜアレックスがいきなり彼女のことを持ち出したのかわからない。アレックスはいったい何が言いたかったのだろう。

「アニタさんはお辞めになったんですか？」

真己が聞くと、執事はにわかに困惑した表情を浮かべた。うっかりアニタの名を出してしまったのを後悔したようだ。

「いろいろありましたようで」

いろいろ、とはなにを指すのか知りたかったが、それっきり執事はこの件には触れたがらなかった。もともと親しみやすい気さくな老人で、執事というより爺やという感じだが、喋ってもいいことと悪いことの区別は明確につけている。

アレックスは居間と続きになっているサンルームのティーテーブルで詩集を眺めていた。外出から戻ったばかりのようで、アスコットタイを締めたまま上着だけ脱いでいる。長い足を組み、肘掛けに頬杖を突いて膝の上に開いた本を流し見ているさまは、見とれてしまうほどだ。真己は彼のそばに近づくだけで心臓が高鳴ってしまい、どうしようと思った。

真己が傍に行くとアレックスはすぐに姿勢を正した。

「そっちに掛けろよ」

すぐ左脇の籐《とう》椅子を示される。背凭れのカーブが美しい一人掛け用の椅子には花柄のクッションが置かれていた。ロー家の内装や調度品は英国調で統一されている。椅子に腰掛けて熱い紅茶を手にすると、まるで英国にいた頃に逆戻りしたようだ。

詩集を閉じたアレックスは、背筋を伸ばしたまま紅茶を飲んでいた真己を見て、うっすらと笑った。

「俺といるとまだ緊張するのか?」

「そんなことはないよ」

いちおう否定したが、アレックスに長く見つめられるとやはり緊張する。彼が何を考えているのか推し量れなくて不安になるのだ。昔のことを追及されたらどうしようと悩んでいるので、彼がその話題を持ち出すのを恐れていることもある。

あれから真己なりに何度も考えて、今ではある程度納得のいく結論に達してはいた。アレックスがいずれカリーナと結婚するということを真己に隠していたのがあの時の最大のショックだったが、冷静になればそれは当然のことと思えるようにもなった。結婚と恋愛を別物と考える人はいる。ましてやアレックスの場合は真己と恋愛関係以上になることはできないのだから、カリーナのような相手がいるのは当たり前だったのだ。真己自身、当時のアレックスとの関係が卒業後も続くとは想像しにくかった。

遅かれ早かれ終わるはずの関係だったと承知していながらも、真己は卒業まではそのことを考えたくなかったのだ。少なくともあの時点では何一つ考えていなかった。そこを突然カリーナに指摘され、憎々しげに邪魔だと明言されたから、真っ青になって混乱したのだと思う。しかし黙って姿を隠すようなまねをしたのは明らかに早計だった。アレックスが腹を立てても不思議はない。

少なくとも今の真己は、アレックスは決して真己を弄んだわけでも裏切ったわけでもなく、ただ期限付きの恋愛を互いに納得して楽しんでいただけだった、と考えている。そうすると勝手だったのはやはり真己の方で、それにも関わらずアレックスがこうして過去を水に流し、困っていたところを助けてくれたのを申し訳なく感じるのだ。

アレックスは饒舌《じょうぜつ》ではなく、ぽつりぽつりと喋っては黙り込む。彼のつくる沈黙があまり長く続くと、真己は自分でも話の糸口を探そうと焦る。寄り添い合っているだけで気持ちが通じていたときとは勝手が違うのだ。再会してからは不用意に相手に触れては失礼だという意識があったから、肩に手を置くようなことすら遠慮した。

そっと視線を動かしているうちに、真己はさっきまでアレックスが開いていた詩集に目を留めた。たちまち懐かしさが込み上げてくる。学生時代に何度も朗読し合った思い出の一冊だ。

「それ……覚えている。キースとかブラウニングとか有名な詩がいくつも入っている詩集だろう。古本屋で見つけて親しみやすそうだったから買ったんだったね」

アレックスは軽く眉を上げて、よく覚えていたな、というように反応すると、褪せた表紙をそっと指で撫でてから真己に詩集を差し出す。真己は受け取ってから問うようにアレックスを窺った。

「これはおまえの本だ。あの時買ったのはおまえだった」

「そうだったっけ」

覚えていないがアレックスが断じるからにはそうだったのだろう。いつも二人で一緒にいたので、そのへんの記憶ははっきりしない。どっちが買ったものにしても、ページを捲るときは一緒のときが多かったので、意識しなかったのだ。

返してもらった本はそのまま膝の上にのせた。この場で開くと過去に押し潰されてしまいそうな気がする。今夜部屋で一人になってからゆっくりと読んでみようと思う。アレックスも本を開いてみろとは言わなかった。

　アレックスは無言のまま真己のカップに紅茶のお代わりを注ぎ足してくれた。アールグレー特有の芳香が辺りに漂う。執事が用意してくれた紅茶を飲んでゆったり過ごす昼下がり、というのも贅沢なものだった。こういう優雅な生活がアレックスの日常だとすると、やはり違う世界の人だと感じる。

　もちろんアレックスはただ屋敷でのんびりしているわけではない。香港は株の取引が活発だ。アレックスも毎日株取引に目を光らせて資産運用に余念がなく、聞けば毎日三回はスタッフと電話やインターネットで連絡を取り合い、指示を与えているという。

「書庫の方はどうだ。思ったよりも大変だろう？　引き受けたことを後悔していないか？」

「確かに。あれは四、五日ではとても全部片づきそうにないね。個人の書庫というより小さな町の図書館並みだ。しかもびっくりするような蔵書もあるし」

「おまえは昔から書籍とか美術品とか、芸術に関するものが好きだったからちょうどいいと思ったが。ああいう作業は意外と腕力勝負なのがちょっとな。あんまり大変なようだったら書庫の方はそのうち香港大学の学生を何人かアルバイトに雇うから、おまえには地下の宝飾品や美術・工芸品の目録作りをしてもらってもいい。どうする？」

「そんなものが、あるんだ？」

「ああ。べつにそれほどたいした価値のあるものはないはずだが、とりあえずは資産家コレクションのリストに挙げられている。興味があるか？」

真己は小さく喉を鳴らし、頷く。見られるものならばぜひ見てみたい。特に美術品には興味があった。

「仕事は今の通り続けるよ。本を扱うのは好きだから、苦じゃないんだ。それとはべつにコレクションは見せてほしい。もし見られるならということだけど」

「そうか。うちのコレクションならいつでも見せてやる」

アレックスはそこでにわかに身を乗り出してきて、真己と顔を近づけた。真己はアレックスの予期せぬ動作に驚き、何事かと軽く緊張する。

アレックスの瞳はまるで何かの悪戯を思いついたように輝いていた。

「実は今の話の流れで急に思い出したんだが、もしおまえが絵画にも興味があるのなら、明後日のパーティーに同行しないか。香港でも一、二を争う富豪のリー家から招待状が来ているんだ。クリスティーズでルノワールの初期作品を落札《らくさつ》したから、そのお披露目鑑賞会をするそうだ。せっかくだから見に行くのはどうだ？」

「ル、ルノワール？」

真己は驚きのあまり言葉を詰まらせてしまう。これはめったにない機会だ。真己の心臓はドキドキと高鳴ってきた。自然と頬も熱くなる。

「どうだ、マサキ？　印象派の絵は好きだったよな？」

アレックスが誘惑するような笑みを浮かべつつ、真己に重ねて聞いた。

真己は何度か睫毛を瞬《まばた》きさせ、本当にいいのだろうかと躊躇いつつも返事をする。

「それは、ぜひ見たい。だけど……僕がそんな場所に行ってもいいのかな……」

「俺の連れなら構わないだろう」

ただし、とアレックスは少しだけ意地の悪い目つきになり、どこか愉《たの》しげに真己を見て付け足した。

「服装だけは中国風にしてもらう必要があるがな」


大きなシャンデリアがいくつも吊り下げられたまばゆい会場内に入っていくと、「まぁ」とか「ほう」という驚きや感嘆の声に包まれた。

「アレックス……！」

真己は激しい羞恥と緊張のあまり竦みそうになる足をどうにか前に出して歩きながら、アレックスと組んだ腕に力を入れる。

「パーティーに顔を出すのは久々だからな。しかも連れがカリーナじゃないものだから皆意外に感じているんだろう。気にしなくてもいい」

気にするなといわれても真己には無理だった。

幾人もの目に見つめられ、注目を浴びている。

それは傍らを堂々とした態度で歩くアレックスに向けてのものだと思われたが、初めて着たチャイナ服、それもあろうことか女性もののドレスを身につけさせられた真己は、顔を上げていられないほどの恥ずかしさを味わっていた。人々の視線を全身に感じる。もう少しで気が遠くなりそうだ。アレックスに腕を取られていなければ、その場で倒れてしまうだろう。

「ちゃんと顔を上げて前を向いているんだ」

アレックスは真己を軽く叱咤《しった》した。

「レディらしくにっこりと微笑んでいればいい。喋らなければ誰もおまえが男だとは気付かないだろう」

簡単に言ってくれるが、真己にはとても微笑みを浮かべられるような余裕はない。

まさかアレックスが真己に女装させるつもりだとは思わなかった。あの意地悪な笑いの意味がわかったとき、真己は必死になって抵抗したのだが、一度「パーティーに行く」と返事をした以上、前言撤回は許さない、とアレックスは取り合わなかった。ルノワールの魅力も真己の心を揺さぶり続けていたし、なにより真己は「約束」の一言に弱かった。

アレックスは嬉々として一流店からお針子を呼びつけると、山のように持ってこさせた生地見本の中から黒いシルクビロードの生地を選び、縁取りを金と黒、工芸品の装飾ボタンにもやはり金を使わせて、真己のためのドレスを作らせた。真己も途中からは覚悟を決めたものの、コルセットで胴を締めつけるのだけは許して欲しいと頼み、結局デザイン的には緩やかなAラインで袖付きのものになっている。それでも胸パットは入れさせられた。おまけにウイッグを付けさせられて化粧まで薄く施された暁には、アレックスに苛められているとしか思えなくて泣きそうになった。アレックスはメイクアップアーティストの手で完璧に変身させられた真己を見たとき、満足そうな吐息をつき、「綺麗だ」と洩らしたが、真己にはまるで自信がなく、お笑いの仮装になっているのではないかと気が気でない。

「心配するな。おまえは溜息が出るほどの美女だ。俺も鼻が高い」

アレックスがまた低い声で真己に囁く。

なんでも香港ではどれだけの美女を連れているかで男の格が上がるらしい。金持ちや権力者など、上に行けば行くほど隣に美女を侍《はべ》らせるのがステータスだというのだ。確かにパーティーに同伴する相手は女性が一般的に違いない。だからこそ真己は最初に「自分が行ってもいいのか」と聞いたのだ。「構わないだろう」の裏にこんな余興が用意されていたとはまったく予想外だ。たぶんアレックスは、数年前真己が黙って音信を絶ったことに対する仕返しも意図しているのだろう。

真己はアレックスに大切な姫君のようにエスコートされ、どうにか前を向いて、不慣れなヒールで歩いていた。スリットのないロングだから脚は曝《さら》さずにすんでいる。

パーティーは華やかで豪勢だった。

とても個人の屋敷とは思えない大広間に、ざっと見渡しただけでも二百人を越える人々が招かれている。男性も女性もほとんどがチャイナ服で盛装していた。西洋風のドレスやタキシードを着た連中もいるにはいたが、本当にごく僅かだ。なるほどと真己は納得した。アレックスがわざわざ中国服でないと、と断ったはずだ。

アレックスの方は深いワインレッドに金でドラゴンの模様を入れた華やかな衣装を完璧に着こなしている。真己ですらアレックスの盛装を目にしたときには、ぼうっとし、溜息をつきたくなった。彼にあらためて惚れ直したような気分になったのだ。

「お久しぶりね、アレックス」

「あなたをパーティーに連れ出すのに絵画が効果的だったなんて知りませんでしたよ」

アレックスは歩くたびに次々と声をかけられ、取り囲まれる。真己は常に彼の横で微笑んだまま、アレックスが寄ってきた人たちと話をしている姿を静観していた。言葉は主に広東語で、たまに英語だなと思うと、その場合相手はたいてい外国人だ。総領事館の人間も数名招待されているらしかったが、見渡した限り日本人らしき姿は見当たらなかった。

「そちらの方は？」

話しかけてくる人々は必ず真己のことをアレックスに聞く。

「留学時代の友人ですよ。日本から遊びに来てくれたんです」

アレックスは真己のことを皆にそう紹介する。そして真己の腕を引き、腰に手を回して会話の輪に入れるのだ。誰もが興味津々に真己を品定めする。綺麗な方ね、と漆黒の髪をきつく結いあげた四十後半くらいの婦人が広東語で洩らした。真己にもその程度ならわかったので、にわかに赤くなってしまう。

その婦人の隣にいた同年輩の女性は英語を使った。

「本当にお綺麗なお嬢様だわ」

「どうしても一度彼女のチャイナドレス姿が見たかったので、無理やり連れてきました」

「まぁ、でも、お似合い。これなら外国嫌いのリー氏も喜ぶわ」

「いつまで香港にご滞在ですか？」

婦人の夫らしき紳士に聞かれ、真己はどきっとしたのだが、アレックスがすかさずフォローした。

「もう暫く滞在してくれる予定なんですよ」

では今度一緒にうちで夕食でも、と彼はアレックスに向けて誘いをかけた。アレックスもそうですね、と快活に答えている。

「しかし、果たしてあの書庫は後どのくらいで片づくものかな、マサキ？」

そう言われたのは、皆から離れて二人になったときだ。真己はえっ、と声を上げたきり返事に窮してしまう。

「……全部終わらせるなら、二週間か三週間はかかりそうなんだけど」

しかしパスポートは週末までにはどうやら再交付してもらえそうな見込みだ。クレジットカードも再発行手続きを取っているので、とりあえず帰国は可能になる。アレックスはバイト代を出すと言ったが、真己は滞在させてもらっている以上は受け取らないつもりだった。

「できれば完全に終わるまで滞在してもらいたいものだ」

アレックスはぐっと低くした声で真己の耳元に囁きかけた。渋い低音の魅力と、ついでのようにして軽く二の腕を摑まれたこととで、真己は全身に電流が駆け抜けたように感じた。アレックスの手はすぐに離れたが、真己の腕には摑まれた感触がはっきりと残っている。真己は心臓の鼓

動がすぐ耳元でしている気がして、どうしようと思った。

「ああいう作業は前任者が引き継ぎをしないで他の者と替わっても、結局一からやり直しになることが多い。無駄な時間と金は遣えんな。引き受けたからにはやり遂げろよ。そのぶん金も余分に払う。どうせ欧州行きが見合わせになった以上、職もないのに早々と帰国しても仕方がないだろう。違うか?」

　確かにそうだが、真己はすんなりと頷けない。あまり滞在が長引くとまずい予感がするのだ。アレックスの傍にいればいるほど、彼の魅力を再認識させられる。そもそも嫌いになって別れたわけではないのだから、魅せられれば魅せられただけ欲が出てしまうのだ。

　さっきもさりげなく腕を摑まれたくらいであんなにドキドキした。あのまま厚い胸板に引き寄せられたとしても、たぶん抵抗しなかっただろう。むしろ、以前のように抱きしめてもらいたいと自分から望んだかもしれない。考えただけで下半身が重苦しくなってくる。

「俺が嫌いじゃないと言っただろう、マサキ」

　アレックスは傍を通りかかったボーイから水割りの入ったグラスを受け取ると、一つを真己に差しだした。

　カチリ、と軽くグラスを合わせる。そのときアレックスの瞳は真っ向から真己の瞳を見つめていて、真己にはもう否という返事はできなくなっていた。

「わかったよ、アレックス」

アレックスは礼儀正しい紳士だが、その言動には他人に有無を言わせぬ強い力がある。真己には到底太刀打《たちう》ちできなかった。

「きみの言うとおりだ。一度引き受けたんだから最後まで終わらせる。失礼な考え方をして悪かった」

「ついでに、おまえの口からはっきりと、今度出ていく時は必ず俺に挨拶すると約束してくれたら、もっと助かるな」

「ふん」

真己はカアッと赤くなった。これはたまらなかった。再会してから五日の間ずっと、いつこのことを突っ込まれるのかと構えていたが、よもやここでこうくるとは思わなかったのだ。

アレックスはいつもの癖でちょっと皮肉っぽく鼻を鳴らすと、熱く火照《ほて》っている真己の頬にいきなり手の甲を触れさせてきた。そっとひと撫でしてすぐ離れていったが、真己はびっくりしてグラスを落としそうになった。

「ご、めん……」

「この件はおまえの気持ちがもう少し落ち着いた頃、改めてゆっくりと話をさせてくれ」

アレックスはわざとのようにそっけなく言うと、踵を返す。

会場の一番奥に壇が設《もう》けられており、中央に白い布で覆われたキャンパスが置かれている。周囲には警備員の姿があった。リー氏と思《おぼ》しき老人が数人の紳士たちに囲まれて談笑しているところにアレックスは向かっていた。

まだ不意打ちを受けた胸が鎮まっていなかったが、一人取り残されても困るので、真己も彼の背中に従った。

やはりアレックスはあの話をしたいのだ。当然だったが、今の今まで彼がずっと触れてこなかったから、もしかするともう話さなくてもいいのかと考え始めていた。甘かった。彼は真己が落ち着き、腰を据えて話せる状態になるまで待つつもりだったのだ。それだけきちんと片をつけたがっているということだろう。カリーナのこともその時にはっきり説明してくれるつもりなのだと思った。聞きたい気持ちと聞きたくない気持ちとが半々だ。覚悟はできているが、彼自身の口から「カリーナと結婚する」と告げられるのは辛かった。

アレックスは真己をリー老人に引き合わせると、後は彼と北京語で会話しはじめた。乾燥させた無花果《いちじく》みたいに痩せこけた老人だったが、ギョロリとした目がただ者ではない雰囲気だ。ときどき真己の方に視線をくれるのだが、そのたびに背中に氷を当てられたような心地になった。

やがて競り落としたルノワールを来客に披露する時間になり、真己はアレックスと二人で最前列の正面という気後《きおく》れしそうな場所に立って待った。自分がひどく場違いなところにいる気がする。まっすぐ立っているだけでも緊張するのだ。傍らのアレックスが毅然としているので勇気づけられたが、いっそのこと帰りたいと思うほどだった。

しかし、いざ掛け布が捲られると、もうそれどころではなくなった。

本物のルノワールだ。

一目見た瞬間にゾクリとしたものが背筋を駆け上った。次には感動の溜息が出る。

こんな貴重なものを間近で見ているのだという感激で、体がふらついた。すかさずアレックスが腰に腕を回して支えてくれる。

アレックスは真己の体を抱き寄せるようにしたまま、ずっと離さない。

胸が痛い。密着した腰の部分が熱くなる。

やっぱり自分はまだアレックスにおおいに未練を残している。たとえアレックスが遊び相手としてだけ真己を求めているとしても構わない。プライドを捨ててそれに乗じてもいい。一瞬そんなことを考えてしまうくらい彼が好きだと思い知らされた。

真己を近くに置けば置くほど離しがたい気持ちが募る。どうにも気持ちを抑えられなくなったとき、アレックスは自分が後先考えずに真己を抱いてしまうのではないかと考えぞっとした。
そんな振る舞いは本意ではない。真己の気持ちを大切にしたいからこそ無理に問いつめること
もがまんしているのだ。
もし真己が今でもアレックスを好きでいてくれるとわかったなら。
そのときはいっさい遠慮しない。
彼の細身を両腕で抱き竦めて、昔何度も味わった唇にキスをする。きっと奪うようなキスにな
るだろう。最初はもちろんやさしく触れ合わせるだけだとしても、すぐに頭の芯が痺れるような
深いキスに変わるに決まっている。真己と触れ合っているとアレックスは理性のタガが外れるの
だ。
真己がアレックスの屋敷に来てちょうど一週間が過ぎた。
そろそろあの話をしてもいいだろうか。それともまだもう少しようすを見た方がいいだろうか。
この機会を逃すともう次はない。アレックスはとても慎重になっていた。策略を練って真己を手
元にいさせることには成功したが、そこから先そういう手は使えない。また、そんなことをして
無理やり事を運んでも意味がない。真己の気持ちは真己のもので、アレックスにどうにかできる
ものではないのだ。
「マサキの仕事はあとどのくらいで片づくことになりそうだ?」

「そうでございますね、あと十日もあれば終わるのではないでしょうか。今日ちらりと伺《うかが》いましたところ、三分の一は片づけてしまわれたようでしたから」

実に手際よく進められていますよ、と執事は言い添える。

アレックスは執事に、真己の再訪をどう思っているのか聞いてみたかった。六年前の騒ぎは執事も知っている。表面的にはあの騒ぎは、真己がアニタと通じて、そのことをカリーナに見られてしまい、アレックスの怒りを買うことを恐れて逃げ帰った、ということになっている。また、アニタが辞めますと置き手紙して給料の精算もせずに出ていったことも承知のはずだ。それらを踏まえたうえで執事は今また真己と相対しているわけだが、彼に対して特に嫌なイメージを持っているようには思えない。だから一度忌憚《きたん》のないところを聞いてみたかった。

「じい。正直なところ、アニタとマサキのことをどう思っている？」

執事はちょっと黙り込んだが、やがて静かに首を横に振った。

「私にはとてもそんなことがあったとは思えません。マサキさまはアレックスさま同様紳士でいらっしゃいました。今でももちろんそうです。アニタがマサキさまに憧れて、まぁその、少しのぼせ上がっていたのは知っておりましたが、マサキさまの方はまったく気付いていらっしゃらなかったようです。私の知る限り、マサキさまはアレックスさまがおいでにならないときは、お一人で静かに読書をするなどして過ごされていました。……カリーナさまがなにか見間違えられたのだと私は考えております」

「そうか。実は俺もそう思っている」

「大切なのは自分の目と耳を信じることでございますよ、アレックスさま」

「まったくそのとおりだな、じい」

「カリーナさまにはカリーナさまの思惑がございましょうから、すべてを額面通りに受け取るのは如何でしょう。アニタにしても、もしかするとなにか事情があったのかもしれません」

「嘘をつく事情か？」

「あくまで可能性の話でございます」

「もちろんだ」

アレックスはそこまでで執事との会話を切り上げた。

もう夜の十一時を回っている。

真己はいつも十時になったら就寝の挨拶をして部屋に戻る。そこから先は何をしているのか関知していないが、きっと読書をするか手紙を書くなどして十二時くらいまで夜更かしし、それから入浴をしてベッドに入るようなぐあいだろう。寮ではそうしていた。

今ならばまだ起きているかもしれないと踏んで、アレックスは真己の部屋に行ってみた。

ノックをしたら、真己はアレックスの訪れが予想外だったようで、少し間をおいてからやっとドアを開けた。

「なんだ、風呂に入っていたのか」

バスローブ姿で髪の毛が生乾き状態の真己に、アレックスはドキリとした。

「ちょうど上がったばかりだった」

「……少し邪魔してもいいか？」

「え、ああ、はい」

真己は一瞬戸惑ってから了解した。それからアレックスを通すためにぎこちなく体をよけた。

室内に入ると、石鹸《せっけん》の香りが強くなる。このゲストルームには広い浴室がついていて、部屋を出ることなく湯を使える。幾室かある中でも最も立派なつくりの部屋だ。

ベッドはまだ綺麗にメイクされたままで、シーツには皺《しわ》一つなかった。

アレックスは変な気分にならないよう、ベッドが視界に入らない位置に安楽椅子の向きを変え、真己がきちんと髪を乾かして戻るのを待つ。生乾きでは気持ちが悪いだろうからと、アレックスがそうしてくるように勧めたのだ。

壁につけて置かれた書き物机の上には、例の詩集と他に数冊の本、そして筆記具やヨーロッパのガイドブックなどがのっている。ガイドブックはアレックスにバツの悪い気分を味わわせた。アレックスのせいで真己は楽しみにしていた旅行を続けられなくなったのだ。考えてみれば本当に自分勝手で横暴なまねをしたものだ。いずれこの償いはするつもりだが、果たして真己は真実を言ったとき許してくれるだろうか。またそれと同時に、パスポートのことも頭を掠《かす》める。アウから届いた封筒は、アレックスの書斎の引き出しに保管してある。あれを真己にどうやって返すか、これもまた悩みどころだった。

「アレックス」

真己はバスローブを部屋着に替えてきている。ローブ姿の真己はちょっと正視しづらいと思っていたのでホッとした。

「部屋まで来るのは珍しいよね」

「そうだな。昔はこうして毎晩同じ部屋で過ごしたものだったが」

アレックスも同意する。

含みを持たせたつもりはなかったが、真己が微かに顔を赤くして俯《うつむ》いたので、アレックスもあらためて言葉の意味に甘い響きを感じ取り、少しの間押し黙った。真己は面映《おもは》ゆそうに髪を掻き上げる。耳朶《みみたぶ》までほんのりと色を濃くしていた。それを見ると、アレックスにはどうしてもまだ真己の気持ちが自分に寄せられている気がして仕方がない。

できることならこのまま真己を抱きしめたかった。

しかし、その衝動をぐっと押さえ込む。

ようやくこんな話がさらりとできるようにまでなったのだ。これはこれでたいした進歩である。この調子で少しずつ核心に近づいていくのだ。焦ってはいけないと頭に刻み込む。

「先日のパーティーではずいぶんといろいろな人からおまえのことを聞かれたぞ。美女を見慣れたはずの面々も、おまえの美貌にはまいったようだ。なによりあの黒いチャイナドレスがとてもよく似合っていたと皆褒めていた」

「そう、かな」

真己は疑り深そうに首を傾げている。女装させたことをまだ少し根に持っているのだろう。はっきりと文句は言わないが、二度とごめんだと思っているのはわかっている。嘘でも冗談でもなく似合っていたのだが、そもそも彼には自分がどれだけ綺麗な顔をしているのかという自覚がない。いったい鏡に映る自分の顔を見たことがあるのかと本気で問い質したくなるくらいだ。アレックスが思うに、カリーナが真己を目の敵みたいに過剰に反応するのは、たぶん真己の顔立ちがあまりにも整っていて女として悔しいせいもあるのではないだろうか。

「またおまえにああいう恰好をさせたいな。マーメイドラインなども似合う気がする」

「冗談だろう？」

半分以上本気だったが、真己が顔を引きつらせているので、笑ってごまかした。

「計画していた旅行は日を改めて実行するつもりなのか？」

「たぶん。またお金を貯めてからになるけれど」

「日本に戻ったら就職する当てがあるわけだな？」

「いや、ないよ。日本では旅行が目的で二ヶ月も三ヶ月も有給を取らせてくれる勤め先なんてそうそうない。そういうことがしたければ、まずいったん辞めるしかないんだ。ほとんどの場合はね。そして帰ってきてからまた新たに職探しする。僕もその予定だったから」

「あのな、マサキ」

アレックスは意を決した。

「香港に住んで働くという選択肢は考えられないか？」

真己が目を見開き、息を呑む。

アレックスとしては、一緒に暮らしてくれないか、と更に続けたかったが、真己の驚いた顔を見ると、そこまでは言いだせなくなる。

「どうして？」

どうしてと聞かれると、アレックスも返事に困る。もちろん好きだからだ。愛しているから傍にいて欲しいのだが、それをいきなりどう表現すればいいのだろう。肝心な話を何もしないうちからでは、あまりにも先走りすぎている気がした。

真己は返事を待っている。

仕方なく、アレックスは一番当たり障りのないことを答えた。

「日本には俺も知り合いがないが、香港にならいくらでもコネがある。おまえが望むなら、いい職場を紹介してやれるから、その方が手っ取り早いんじゃないかと思ったんだ。……乗りかかった船というやつだ。おまえとは、浅からぬ縁があったしな」

あった、と過去形にしてしまってから、アレックスはすぐ、まずかったかと舌打ちしたくなったが、遅かった。

案の定真己の表情がみるみる曇ってしまう。

それを見て、真己は決してこんな言葉を望んでいたのではなかったのだと悟ったが、後の祭りだ。

「そうだね」

真己は憂い顔を無理やり笑顔に変えて、できるかぎり明るく振る舞おうとしているようだが、全然成功していなかった。

「……考えておくよ」

次の言葉はもう萎《しぼ》んでいる。

アレックスは会話のひとつですら思うように運べない自分に歯軋りしたくなった。このままもう少し話を続けてさっきの失言をうまくカバーしたかったのだが、真己の方から、もう休みたいので、と遠回しに退出を促され、仕方なく椅子を立つ。

ドアのところまで見送りに来た真己に、おやすみ、というのが精一杯だ。

「おやすみ、アレックス」

アレックスはぴったり閉まったドアに真己の拒絶を感じ、自分のばかさ加減に苛立った。


ドアに凭れたままだった真己は、アレックスの足音が聞こえなくなると、ようやく体を起こしてベッドの縁に座った。

アレックスはどういうつもりなのだろう。言葉通り、昔のよしみで精一杯のことをしてくれようとしているだけなのか、他に意図があるのか。

たとえば、アレックスが今夜部屋まで来たのは、うまくいけば真己を抱けると考えたからだとする。それならそれで真己自身望んでいたから構わなかったのだが、アレックスの性分からして無理に押し倒すようなことをしないのは明白だった。あのままバスローブでいれば展開は違っていただろうか。しかしそれではあまりにもあからさまだ。真己にはそういう大胆なまねはできなかった。

真己もアレックスに聞きたいことはたくさんあったが、一番確かめたいのは、カリーナのことをどう考えているのか、だった。それをはっきりさせてもらわないと、彼が何を考えているのかちっとも理解できない。カリーナが苛々して怒るのも無理はない。

次にまたアレックスと落ち着いて話せる機会があったら、今度こそそこをはっきりさせよう。真己は遅ればせながら決心した。帰国するまでにせめてそのくらいは蹴りをつけなくては、この先ずっと苦しむことになるだろう。

会ってしまったのは偶然だが、会った以上はそうしたかった。

カリーナはかつてないほど不機嫌だった。

買ったばかりのスポーツカーをアレックスの屋敷に向けて乱暴に飛ばしつつ、さっきからずっと一人で悪態を吐《つ》いている。

「ホントに頭にくるったらないわよ！　わたしを差しおいて」

先日リー家主催の名画お披露目パーティーがあったのに、アレックスはカリーナを誘わずに、見たこともない日本人の美女を連れていったというではないか。女友達からそれを聞いたとき、カリーナは憤死しそうになった。それはきっと真己のことに違いない。アレックスはあろうことか彼を女装させてまで財界の重鎮《じゅうちん》が催した晴れやかな場に連れていったのだ。

「信じられないっ！」

カリーナは恥をかかされたのだ。

この憤懣《ふんまん》やるかたない気持ちを、いったいどこにぶつければいいのだろう。やはりアレックスはいまだに真己を諦めきれないのだ。あの後、カリーナを帰らせてから彼の元に行ったのかと思うと、悔しくてヒステリーを起こしそうになる。いや、現にもう自邸で起こしてきた。手当たり次第に物を投げたり破いたりして、メイド達をさんざん怯《おび》えさせてから飛びだしたのだ。

道理でこのところアレックスは電話の一本もくれなかったはずだ。先週ディナーをキャンセルされて以来、カリーナは彼に対して拗ねた素振りを見せたかった。だから自分からは決して連絡しないでアレックスが宥《なだ》めに来るのを待っていたのだ。ペニンシュラ・アーケードで真己に出会したから、もしかして、と少しは危惧していたが、まさに嫌な予感的中だ。アレックスは性懲《しょうこ》りもなく真己と会い、しかもどういうわけだか屋敷に滞在させている。カリーナは下世話な勘繰りをしないではいられなかった。アレックスはストイックな紳士だが、こと真己に対しては、びっくりするほど情熱的に行動するのだ。

「アレックスはなぜいつまでもマサキに拘《こだわ》るのかしら!」

普通、愛人が自邸の小間使いと不貞を働いたとわかれば、たちまち愛想を尽かすものではないのだろうか。策を練り、いかにも真己がアレックスを裏切った現場を押さえたような演出をしてみせたのに、アレックスがまったく懲りていないのが信じられない。

「男と男だから勝手が違ったってわけ? それじゃとんだ散財じゃないのよ、わたし!」

考え事をしながらブツブツと独り言を言うのはカリーナの癖だ。いつもは注意してやめるように心掛けているのだが、今はその余裕すらない。

アニタには相当な大金を渡して口裏を合わせさせた。もともと彼女は真己にほのかな恋心を抱いており、カリーナはすぐさまそれを看破したのだ。彼女をうまく使えばアレックスの気持ちを自分に向けられるかもしれないと思いついたのはその時だった。

うぶなアニタを取り込むのは造作なく、カリーナは彼女の前で素知らぬ顔をして、アレックスとマサキがただならぬ関係なのだと口を滑らせてやればよかった。アニタは最初信じなかったようだが、『嘘だと思うのなら今晩そっとアレックスの寝室を覗きに行けばいいわ』と焚《た》きつけてやると、彼女はそれを実行したらしい。翌朝の強ばりきった顔を見ただけで、アニタが二人の行為を盗み見たことがわかった。

悔しいが、確かに真己の美貌は抜きんでている。こんな綺麗な男がいるのかと唸りたくなるほどで、アニタがぼうっとなったのも無理はない。アレックスでは身分が違いすぎて恋など想像もできないだろうが、真己はただの日本人学生だ。服装も態度も気さくで庶民的だし、小間使いであるアニタとの接し方もカリーナに対するときと同じように丁寧だった。

好きになった男がこともあろうに男に抱かれているという事実は、アニタの恋心をいきなり憎悪に変えてしまったらしい。汚らわしい、と彼女の顔にははっきり出ていた。カリーナはこれはいける、と確信して、ここぞとばかりに吹き込んだ。

『マサキはアレックスを騙しているのよ。あの綺麗な顔で信じられないワルなの。わたしは三年前に初めてパリのホテルで会った瞬間にわかった。このままじゃアレックスはロー家の財産をマサキに渡してしまいかねないわ。その証拠にアレックスはいつまでたってもわたしと結婚したがらない。わたしがいると邪魔だから、マサキがあの汚らわしいやり方でアレックスを夢中にさせて、結婚させないようにしてる。そのうえ厚かましくも香港にまでついてきて、休暇中ずっとアレックスを虜にしておくって魂胆よ。だからアニタ、マサキをひどいと思うなら、わたしに協力してくれないかしら』

お礼は十万香港ドル。アニタは目の色を変えた。

彼女と話をつけたら、とにかく真己を攻撃して、誰にも何も告げずに屋敷から出ていくようにさせればよかった。そのためにはまずアレックスが留守のときでなければいけない。そしてうまく彼を追い出した後はアニタと二人で示し合わせたとおりの芝居をする。アニタにも次の日すぐに消えてもらうという筋書きだった。

「せっかくうまくいったと思ったのに」

現にアレックスはアニタの話を聞いた直後、激しく落ち込んでいた。いつもは冷静沈着で、めったなことでは動じないはずの彼が、慰め役になるはずだったカリーナを邪険に押し退けて部屋に籠もったきり、丸一昼夜出てこなかったのだ。その間まったく食事を摂らなかったし、お茶の一杯も受け取らなかったから、執事をはじめ家人がそれは気を揉んだ。カリーナも、自分が行けばアレックスはきっとドアを開ける、と自信たっぷりにしていたのに見事に無視され、いたくプライドを傷つけられた。

それでも、ショックが去ればアレックスはきっと真己を忘れ、いつも身近にいるカリーナに恋人として目を向けると信じていたのだ。

カリーナはずっと辛抱強くアレックスのプロポーズを待っていた。

あれから六年間待ち続けている。

「なのに今更またマサキに取られるなんてまっぴらよ！」

怒りで頭がぐちゃぐちゃになりそうだ。

カリーナは山道の緩いカーブを抜けるとき思いきりアクセルを踏み込んだ。

アレックスに会って、なぜ真己を信じるのか問いつめてやる。そして、真己がどう否定しようとも、アニタのことは事実だと言い張らねば。

小高い丘の上に建つアレックスの豪奢な屋敷が見えてきた。白い壁に濃緑の屋根がついた美麗な洋館。カリーナはいつかここの女主人になるのだと決めている。本当はカナダかアメリカに住みたいが、アレックスと結婚できるならずっと香港にいてもいい。

そのためにも邪魔者は一刻も早く追い払わねばならなかった。

突然来訪したカリーナを出迎えた執事は、アレックスは出掛けていて不在だと申し訳なさそうに告げた。

「どこに行ったの？」

「行き先までは聞いておりませんが、天気がいいのでドライブしてくるとおっしゃいまして」

「マサキと？」

「……はぁ……その」

カリーナが眉を逆立てて怖い顔をしたせいか、執事の返事は歯切れが悪い。しかし老人を責めても仕方がないので、カリーナは舌打ちして諦めた。

「アレックスに用事があるの。待たせてもらうわ」

勝手知った無遠慮さでつかつかと客間に入りこむ。執事が何か言いかけたが、ギロリと睨みつけて「お茶持ってきて」と追い払った。

「何時間でも待ってやるわ。なにがドライブよ」

苛立ちのあまり手入れしたばかりの爪をギリッと噛んだので、せっかくのマニキュアに傷が付く。最悪だ。カリーナはますますイライラしてきて、ソファを立つと腕組みして部屋の中をうろうろと歩き回った。とうていじっと座っていられる心境ではなかったのだ。

暫くすると執事が紅茶を運んできた。

カリーナは昔からよく知っている老人をまず味方につけておくべきだと考え直し、今度は猫撫で声で礼を言う。

「ありがとう。さっきはつっけんどんな言い方して悪かったわね」

いえいえ、と恐縮して、執事はすぐに出ていきかけた。カリーナはそれを「待って」と引き止める。執事が微かに頬の肉を引きつらせ、迷惑そうにしたのを見逃さなかったが、知らん顔を決め込んだ。執事ごときに遠慮しなければならない謂《い》われはない。カリーナの感覚ではそうだった。

「アレックスは昔のことは忘れたのかしら。どう思う？」

「さぁ、私にはちょっとわかりかねますが」

「正直な意見を聞かせてよ。あなた、アレックスのことを子供時代から見てきたんじゃない。彼の考えていることがまったくわからないはずはないでしょ」

「昔のこととおっしゃっているのは、マサキさまとアニタのことですか？」

「そう、そのことよ」

自分の嘘がアレックスにばれていないかどうか。カリーナの関心はそこにある。執事に探りを入れて現況を把握しておかねば、これから先をどう持っていけばいいかわからない。

「あなた、わたしが嘘を吐いたと思っている？　アレックスのことがわからないなら、あなたの考えでいいわよ」

「私はカリーナさまが嘘を言われたなどとは思いません」

本音かどうかはともかく、執事はまずそう答えた。

「ただ、勘違いされているということはあるかもしれません」

「アレックスもそう考えていると思う？」

「そうかもしれません。少なくとも今マサキさまとご一緒にいらっしゃるようすを見る限りは、そのことに拘っておられる感じはいたしませんね」

ひどく勿体つけた言い方だったが、つまりは、アレックスは昔のことで真己を切り捨ててはいない、嫌いになったわけでも愛想を尽かしたわけでもない、というわけだ。

「そうね」

カリーナは作戦を変える必要性を感じた。

「……あれは案外わたしの勘違いだったのかもね」

これまでの主張をあっさり翻《ひるがえ》す発言に、執事は聞き間違いかというように、まじまじとカリーナを見ている。

「アニタがひどく泣いていたものだから、きっと何かおかしなことがあったんだと思い込んでしまったのかもしれないわ。だってわたし、実際に現場を見たわけではないもの。ただ、アニタがあんまりかわいそうだったから彼女に肩入れしたかったのかも」

カリーナはマスカラを塗って精一杯長くした睫毛を伏せ、溜息をついてみせた。

「証拠もないのにマサキを悪く言ったのは間違いだったのかもしれないわ。アレックスがここまで信じるからには、マサキはきっとそんなことをする人じゃないんでしょうね。それによくよく考えてみたら、次の日に姿を消していたアニタも変よ。何か後ろめたいことがあったのかもしれない。マサキが出ていった理由もたぶん別にあるってことかしらね」

「はぁ……さようでございますか」

執事の声には戸惑った響きがある。

カリーナはもう一押ししておくことにした。

「ねぇ。わたしマサキに謝りたいわ。二人が戻るまでここにいてもいいわよね？　それまで一人で適当にしているから、わたしのことは気にせずに放っておいてくれていいわよ」

二人は夕食までには戻る予定になっていると言い、執事は仕事に戻っていった。

しばらくソファに座って大人しく紅茶を飲んでいたカリーナだが、やがて足音を立てずにそっと客間を抜けだすと二階に上がった。二階にはアレックスの居室がある。寝室と居間と書斎とが繋がった広い続き部屋だ。

特に明確な目的があるわけではなく、カリーナはなにか使えそうな材料が手に入らないかと思っただけだった。居間の隣の書斎が一番探り甲斐があるだろう。アレックスは部屋に鍵を掛けないので、入り込むのは簡単だ。小間使いに見咎められないようにとだけ気をつけた。

「なんだかわからない書類ばっかり」

チェリー材の一枚板を天板にした大きな両袖机の引き出しは、左の一番上の段以外は引けば開いた。カリーナの興味は俄然鍵の掛けられた引き出しに集中したのだが、鍵がないとどうしようもない。

「アレックスはよく鍵の類を植木鉢の下に置くのよね」

子供の頃のことだからまさかね、と自分の安直さを笑いながら、出窓に置いてある観葉植物の鉢を持ち上げてみる。

「あら、単純」

信じられなかったが、鍵がある。

カリーナは左上の引き出しを開き、中を物色した。

いろいろ大事そうな書類が入れてあったが、カリーナにはちんぷんかんぷんなものばかりだ。落胆しかけた頃、奥にあった茶色い封筒を見つけだした。

中を見ると見慣れぬ手帳――いや、パスポートだ。日本国籍の人が持つパスポートで、捲ってみれば真己のものだった。

「どういうこと……、これ」

確か真己はホテルで盗難に遭い、現金からなにからすべて持っていかれたためにアレックスの世話になっているはずだ。ばかじゃないの、と真己の間抜けぶりを嘲笑し、そんな彼を放っておかないアレックスには憤慨していたが、どうやら事実はそんな単純なことではないらしい。

アレックスが仕組んだのだ。

封筒の裏書きにはイニシャルが入れてあるだけだったが、カリーナにはすぐにピンときた。ずいぶん前、アレックスが書斎で胡散《うさん》臭い雰囲気の小男となにやら秘密めいた話をしているところを見たことがある。いつもの癖でカリーナがノックと同時にドアを開けると、アレックスは珍しく怖い顔をした。これはまずい、と慌てて閉めたが、好奇心がふくらんでそのままドアに張りついて聞き耳を立てた。あいにく何の話をしているのかは全然わからなくてがっかりしたものの、小男の名前は知ることができた。この封筒のイニシャルと同じだ。

「あの男に盗ませたのね」

カリーナはアレックスが単に品行方正で穏やかなだけの男ではないことを知っている。彼は実業家なのだ。必要なら汚いこともするし、刃向かう相手とはとことんやり合う。裏ではあやしげな連中を使って非合法なことをさせることもあるだろう。しかし、それほどまでして真己を傍に置いておきたかったとは思わなかった。カリーナは激しくショックを受け、暫くは唖然としていたが、やがて猛烈な悔しさが湧いてきた。

真己のどこがそんなにいいのだ。いくら綺麗でも、男ではないか。一緒にいるメリットなど一つも見いだせない。

最初は趣味の悪い遊びだと軽く嫉妬する程度で自分を納得させていた。ハイスクールを卒業したらきっとプロポーズされると信じていたから精神的にも余裕を持てたのだ。はっきりとした約束事はなかったものの、両親同士も仲がよく、そうなるといいねと顔を合わせるたびに話しているのを、カリーナは幼心にも嬉しく聞いていた。アレックスも満更でもなさそうにしていたと思う。三つ年上のハンサムな又従兄弟は実によくもてたが、いつも軽いアバンチュールの域を出ない恋愛ごっこに、本命は自分、と鼻高々な気分でいたのだ。真己のこともあくまでその延長線にあると思った。

ところが、無事卒業したカリーナが思わせぶりな素振りをしても、アレックスはいっこうに結婚について触れてこない。それでやっと、いつもと勝手が違うと気付いた。どうやらアレックスは真己に本気なのだ。カリーナは憤死しそうなくらい腹が立った。遊びならばともかく本気で男を好きになったらしいアレックスが信じられない。全部真己のせいだ。彼がアレックスを騙したのに違いない。いなくなってしまえばいい。カリーナの憎悪は真己に向いた。

そして六年前に追い払ってしまえたはずだったのだ。

アレックスも真己に愛想を尽かしたのだと思っていた。

「ああ、もう！」

カリーナは髪の毛を指でぐしゃぐしゃに掻き乱して癇癪《かんしゃく》を起こす。

「なんだってあの日ペニンシュラになんか行ったのかしら！　買い物なら他でもできたのに！」

運が悪いではすまされない因縁を感じる。普段は出不精のアレックスを無理やり引っ張りだしたのに、なんとそれが二人を出会わせることになるなんて皮肉すぎだ。

「このままじゃ許せない」

カリーナは唇を噛みしめ、思いきり意地の悪いことを考える。

机に置いたままになっていたパスポートに目がいく。これはいい材料だ。アレックスを脅迫することもできるだろう。このことを真己にばらされたくなかったら結婚して、と詰め寄るシーンを頭に描いた。しかしすぐそれは却下する。アレックスには可愛い女で通したい。そういうやり方では、たとえ結婚してくれたとしても、アレックスの心は手に入らない。

やはり、もう一度真己がアレックスを裏切ったように画策するのがいいだろう。

すぐには思いつかないが、しばらくようすを見ていればチャンスがくるかもしれない。

そうすることに決めた。

「今に見てらっしゃい、マサキ」

カリーナは憎々しげに呟くと、秘密の封筒を慎重に奥に入れ、使った鍵も植木鉢の下に元通り返しておいた。

書斎を出てもう一度一階のリビングに戻ると、紅茶はすっかり冷めている。カリーナは小間使いを呼びつけて、ポットを取り替えさせた。今度の小間使いはぎすぎすした印象の中年女だ。前と同じ作戦は到底使えない。

「マサキとアンディ・ラウって似てると思う?」

試しに話しかけてみたが、彼女は無愛想でそっけなかった。

「アンディ・ラウってどなたでしょう」

もういいわ、とカリーナは横柄に手を振った。

不本意だがとりあえず当面は真己とも仲良くしておこう。昔ついた嘘がばれていても、あのときはどうかしていたのだと謝れば、真己は許してくれるだろう。逆にもしまだばれていなさそうならば、アレックスの婚約者然とした振る舞いをしてみせなければならない。

そのうちきっといい手が見つかるわ。

何食わぬ顔で紅茶を啜りつつ、カリーナはあれこれ計算高く考えていた。

地階にあるロー家の宝飾コレクションルームで現物とリストの照合作業をしていた真己は、螺《ら》旋《せん》階段を降りてきたカリーナに気付き、緊張した。

「遅くまで熱心ね」

カリーナはワンピースの裾を揺らしながら優雅な足取りで真己の傍まで歩み寄り、すっと肩に手を掛けてきた。今までとは打って変わって親しげな態度だ。真己はどうすればいいかわからず体を強ばらせたままじっとしていた。きつい香水の匂いがする。馴染めない香りだと思った。

「三日後には美術館の方が預かりに来られるそうなので」

真己がぎこちなく答えると、カリーナはふうん、とどうでもよさそうに相槌を打ち、腕を下ろして体を離す。真己はそれだけでもホッと安堵した。

「アレックスもお人好しね。秘蔵コレクションを展示会に貸しだすなんて。どうした気まぐれかしら」

そのアレックスの気まぐれのおかげで、真己はあと少しで終わりそうだった書庫の仕事を一時中断していた。こちらを先にしてくれないかと頼まれたからだ。急な話で驚いたが、今日一日彼の運転でドライブに連れだされ、ヴィクトリア・ピークで気持ちいい風に吹かれながら切りだされたら、なんとなく断りにくい雰囲気になった。これでまた帰国が延びる。アレックスの屋敷に来てもう十日が経っていた。再発給を申請しているパスポートはそろそろできるはずだが、約束だから書庫が片づくまでは帰れない。

カリーナは真己の傍を離れるとガラスの展示ケースを見て歩いている。寄せ木の床にハイヒールのコツコツという音が響く。夜の十時過ぎにこういう場所でカリーナと二人きりというのは正直ありがたくない。気がそぞろになって作業を進めにくくなった。

「あら、懐かしいものがある。これ、アレックスが昔見せてくれたことがあったわ」

彼女はそう言って、しばらくその場に立ち止まり、ケースの中を覗いていた。

「これも出品するものの中に入っているの？　エメラルドのブローチ」

「いえ、そっちのケースのものは全部対象外なので」

「でしょうね。だってこれ、アレックスがすごく好きだった大伯母さまの形見だもの」

そこでカリーナはふふ、と嬉しそうに笑った。

「アレックスは昔これをわたしに見せて、いつか自分が結婚したら、妻になった人に譲るんだって言ったのよ」

真己は顔を俯け、リストに視線を落とす。カリーナの言いたいことははっきりしていたが、どんな反応をすればいいかわからない。

また彼女が歩きだし、やがて展示室を一巡りして真己の傍に戻ってきた。

「ねぇ、マサキ」

話しかけられたので仕方なく彼女を見る。どんなに嫌でも露骨に無視するようなまねは真己にはできなかった。

「あのときは酷いことを言ってごめんなさいね」

カリーナはしおらしい表情で、上目遣いに真己を見ている。彼女に面と向かって謝られると真己は戸惑った。こんな彼女は初めてだ。ディナーの前、突然の訪問を詫びるのと同時にアレックスにも何事か自分の勘違いを謝っていたが、核心にはいっさい触れない二人だけにしか通じないような奇妙な会話だったから、真己にはなんのことかさっぱりわからなかった。その上今またこうして自分にも謝罪している。あまりにも彼女らしくない気がしたが、大人になり性格が丸くなったということなのかもしれない。

「わたしも子供だったのよ。あなた達の関係があまりにも奇妙に思えて、アレックスがわたしをないがしろにしている気がしたんだわ。でも実際はそんなこと全然なかった。あなたには悪いけど、やっぱり彼はわたしを愛してる。あなたが急にいなくなったんで彼も当初は動転していて、わたしとの結婚も延び延びになったけど、今年中にはちゃんとしてくれるみたい」

カリーナの言葉は真己の心臓をグサリと射抜いた。

今年中にはアレックスとカリーナは結婚する――？

本当だろうか。もちろん本当なのだろう。以前から予定されていたことなのだ。

「……それは、おめでとう、カリーナ」

真己にはそうとしか言えなかった。

「ありがとう」

カリーナが艶やかに微笑む。真己の心臓はきりりと痛んだ。状況はいささか違うが、あの時と同じ失望感に包まれる。

再会してからのアレックスは真己に対して常に礼儀正しく、あくまで旧友として遇しているような、きちんと一線を引いた態度で接してくる。しかし、真己にはときおり彼がまだ自分に対してなんらかの未練を残しているように感じられることがあった。自惚《うぬぼ》れかもしれないが、アレックスの瞳に熱いものが見えるときがあるのだ。そんな目をされると、もしかして、と期待しそうになる。しかし今またカリーナに自信たっぷりなことを言われた。これは明らかに牽制されたのだ。

思った端からはっきり釘《くぎ》を刺される。

「邪推とは思うけど、聞いていい？　まさかまだアレックスと……？」

「そんなことはいっさいないです」

真己は強く否定した。

アレックスとは就寝のキスすらしていない。ときどきそれが物足りなくて哀しくなるくらい、二人の仲は清廉潔白だ。

そう、と彼女が安堵の吐息をつく。

「変なことを聞いてごめんなさい。でも、ほら、アレックスはその点に関しては少しルーズなところがある人だから、そのためにあなたが変な勘違いをして、揚げ句また悲しい思いをすると悪いから。わたしが寛容なのがいけないんだって反省したわ。さすがに女性相手なら許せなかったけど、あなたの場合は特殊すぎてどうしていいかわからなかったものだから」

「すみません……傷つけて」

真己は唇を噛んだ。前はアレックスに婚約者がいたことなどまったく知らなかったので、自分たちの関係が誰かを傷つけているとは思いもしなかった。しかし今はそんな言い訳は通用しない。万一アレックスがその気になったとしても、カリーナがいる。たとえ体だけと割り切っても抱かれるべきではないのだ。真己にとってのアレックスは、そんな浮気性のいい加減な男ではなかったのだが、それは彼が巧妙に隠していたからなのだと言われてしまえばそれまでだった。付き合いの長さではカリーナの足元にも及ばないのだから、真己には見えていない部分も彼女には見えるのかもしれない。

「わかってもらえたら過去のことはいいのよ。だって仕方がないんだから。それよりお願いがあるの」

カリーナはくるりと背を向け、数歩螺旋階段の方に歩いた。

「あなたとひょんなことで関わることになって、アレックスは神経質になってるみたい。きっと彼はあなたにわたしとの結婚のことを知られたくなかったんだと思うわ。あなたに対しては常に本気だと思わせておきたかったみたいね。正直に言うけど、あなたが出ていってからわたしはずいぶん彼に恨まれたみたい。わたしが焦って余計なことを言ったから、綺麗に終わらせるつもりだったあなたとの関係が台無しになったとムッとしていたわ。だからあなたの口からわたし達の結婚について彼に何か聞いたり言ったりはしないでもらいたいの」

「……わかりました」

真己は穏やかながらも有無を言わせないカリーナの言葉に打ちのめされていた。特に、「綺麗に終わらせるつもりだった」という言葉には傷つかずにいられない。それならなぜ今アレックスはまた自分に構うのだろう。改めて綺麗に終わらせたいからとでもいうのなら、真己にはとても耐えられない。

そんな真己の気持ちにはお構いなしに、カリーナは、

「助かるわ」

と安心したように言った。

そしてそのまま階段を上がっていく。半分ほど上ったところで真己を上から見下ろし、おやす

みなさい、とコケティッシュに微笑みかけさえした。今夜は泊まっていくらしい。アレックスは突然来て上がり込んでいた彼女に少しだけ呆れた顔をしたものの、ディナーが済めば帰ると言うのを放ってはおかなかった。部屋はたくさんあるのだから泊まっていけばいいと勧めたのだ。その時カリーナの返事は「どうしようかしら」という控えめなものだったが、結局泊まることにしたようだ。

真己は彼女が行ってしまった後、深い溜息をついた。

昔と比べたら格段に友好的な態度で接してくれて、それは確かにありがたい。けれど、真己にはあれがカリーナの本心かどうか今ひとつ定かではなかった。ペニンシュラで出会ったときの憎悪に満ちた目を思いだすと、とても楽観的にはなれない。

だが、あと数日だから少しくらい不愉快なことがあってもがまんしようと考えた。

それよりこの新しく頼まれたイレギュラーな仕事を早く済ませなければ。

これ以上滞在が長引いたりして、アレックスの魅力的なグレイの瞳に惹きつけられて彼のことが脳裏から離れなくなったりすれば、辛くなるのは真己自身だ。なんでもいいから抱かれたいなどと一瞬でも考えたことを思い出し、恥ずかしくなる。カリーナに釘を刺されなければ、そのうち現実になっていたかもしれない。アレックスはそのくらい真己の心を揺り動かしていたし、彼と別れてから誰とも付き合っていなかった真己は飢えと淋しさとを抱え込んで弱くなっている。

そうならないようにと自分を戒《いまし》めながら作業を再開した。


十二時近くなってようやくコレクションルームから部屋に戻ると、五分もしないうちにアレックスが訪ねてきた。

「こんなに遅くまで根《こん》を詰めて仕事をしてくれと頼んだ覚えはないぞ。俺は明日から頼むと言わなかったか？　もし明後日までに間に合わなくても、先方に日にちをずらしてもらえば済むことだ」

開口一番にアレックスは怒り混じりの語調で言う。

「さっきカリーナから聞いて驚いた」

「ごめん」

真己はとりあえずアレックスに謝った。頭の中ではさっきカリーナに言われた言葉が渦《うず》を巻いている。アレックスは今年中には彼女と結婚するらしい。ならば、いつまでもこうしているわけにはいかない。彼の親切はあくまで旧友としての真己に向けられた純粋な気持ちで、言葉のままに甘え続けていてはいけないのだ。

「無理をしているわけじゃないんだけど」

真己が続けるとアレックスは眉根を寄せた。

「けど？　――けど、なんだ？」

「絡まないでくれ、アレックス。言葉のあやじゃないか」

「誰が絡んだ。おまえが奥歯に物の挟まったような言い方をするから気になっただけだ」

アレックスの表情に焦りが混じっている感じがするのは真己の気のせいだろうか。

このままではよくない。真己はそう思った。カリーナのこともあるし、そろそろ潮時だという気が高まってくる。

「アレックス」

真己は思いきって言った。

「……やっぱり、僕はいつまでもここにいるわけにはいかないと思うんだ。だから、引き受けた仕事を早く全部終わらせて帰国しないと」

「なぜだ！」

アレックスの顔がたちまち憤りと驚愕に歪む。そして珍しく語気を荒らげて怒鳴ったのだ。

「香港に住んでしばらく働いてはどうかという話、考えてくれなかったのか！」

「あっ！」

感情が高ぶったのか、アレックスは真己の両腕を掴むと、小突くように体を揺さぶった。いきなり手荒に扱われ、真己はつい悲鳴を上げてしまう。アレックスの目は真剣で、明らかな落胆の色が窺える。真己はまともに見返せず、すぐに視線を逸らしてしまった。

「考えたけど、やっぱり……」

「マサキ！」

今度はいきなり抱きしめられた。

「アレックス——！」

真己はアレックスの腕の中で身動《みじろ》ぎもできなかった。

「帰らせないぞ」

アレックスは感情を露わにして真己にぶつけてくる。ついにがまんの限界がきたようだった。

「俺は帰らせたくないんだ。そのくらいわかっているだろう！　俺はおまえがなぜそうも頑なに俺のことを拒絶するようになったか理解できない。アニタが原因でないなら、何があったんだ。もうそろそろ聞かせてくれてもいいだろう？」

またアニタだ。真己はなぜアレックスが執拗に彼女の名前を出すのか訝しい。

「アニタがどうしたんだって？」

真己はとうとう思いきって聞いてみた。アレックスの体がピクッと強ばる。ゆっくりと真己を抱きしめていた腕を解き、こめかみに指をあてて逡巡するようなようすを見せる。

そうしたままアレックスはしばらく間を置いたが、答えなければ埒《らち》があかないと思ったらしい。誤解だと承知しているんだが、と断った上で、にわかには信じられないような話をしてくれた。

あまりのことに真己は茫然として、一言も出せなくなる。まさか自分が飛びだしたことが、そんな与《あず》り知らぬ解釈になっていたとは驚きだった。

「きっと偶然が重なったんだろう。俺は最初から信じなかったが……おまえとどうしても連絡がつかなかったから、釈然としなかった」

「アレックス、僕は決してそんなまねはしていない」

「そのことはもういい。それより、俺は今こそ本当のことが聞きたい」

本当のことと言われると真己は困った。カリーナに言われたことが原因だが、どこまでそれを言っていいのか悩む。ついさっき彼女にアレックスを刺激しないでくれと頼まれたばかりだ。それでなくても真己はアレックスに彼女が吐いた暴言をすべて話す気にはならなかった。彼も又従姉妹を悪く思いたくないだろう。

「いつまでも男同士で付き合っているわけにはいかないと思ったんだ」

仕方なく真己は曖昧な言い方をした。

アレックスが気難しげに眉を寄せ、真意を探ろうとするかのように目を細めて真己を凝視する。

言葉を補わなければ彼が信じそうにないので、真己は続けた。

「僕はきみといてはいけない気がした。そう考え始めたら辛くなった。それで、たまらなくなって出て行ってしまったんだ。不義理なことをしたと本当に反省している。無我夢中でしたことを冷静になってから恥ずかしく感じて、それで話をする勇気が出なかった」

「本当にそれだけのことだったのか？」

「うん……そうだよ」

アレックスの強い視線に射すくめられると声が震える。

「ばかなことを！」

「アレックス！」

再び抱き竦められ、真己はさっきよりもずっと強い抱擁に息が止まりそうになった。髪の毛をぐしゃぐしゃと掻き乱されて、腰をぴったりと引き寄せられる。

「……アレックス」

押しつけられたアレックスの股間は硬くなっていた。あからさまな欲望を知らされて真己はたちまち赤面する。彼が自分を欲しがっているのだ。嬉しかった。しかし、次の瞬間にはカリーナの顔が浮かんできて、いけない、と冷や水を浴びせられたような気持ちになる。

「だめだ」

真己は泣きそうになりながら必死でアレックスの胸板を押し退けた。

アレックスの腕が緩む。

「俺のことが嫌いなのか……マサキ」

拒絶されたアレックスははっきりと消沈し、落ち込んでいた。なぜそんな顔をするのだろうと真己は本当に泣きたくなる。許されるものならアレックスを受け入れたい。アレックスも真己を抱きたがっているのだ。

「きみとはもうできない」

「できない?」

真己が表情を硬くしたまま頷くと、アレックスは顔を顰めて黙り込む。その隙に真己は自分自身をも納得させるように言葉を継いだ。

「僕たちはもう遊んでいられる歳じゃない。特にきみはそうだろう?」

「遊びだと?」

アレックスは不愉快そうに問い返し、真己を睨む。

「そんなふうに思っていたのか、おまえは」

では違うとでも言うつもりなのだろうか。さすがに真己もムッとする。あまりにも白々しい気がした。

「思っていたよ。だから……やめようと決心して、大学にも戻らなかったんだ」

「勝手なやつめ！」

アレックスが苦しそうに吐き捨て、ぎゅっと一文字に唇を引き結ぶ。そして拳を握りしめて手の震えを抑えていた。真己の言葉で彼が激しく傷ついたのがわかる。真実はまったくこの通りというわけではないので、真己も心が痛んだ。しかし真己にもこれ以上説明のしようがない。

「傷つけて、ごめん」

真己がポツリと謝ると、アレックスはようやく拳を開いた。

「おまえはまだ俺の質問に答えていないぞ」

「え？」

アレックスは、ごまかしは許さないとばかりにきつい視線で真己を見据える。

「俺はおまえに、俺のことが嫌いなのか、と聞いたんだ。答えろ」

その質問は前にも一度されて、その際真己は否定したはずだ。

今度も、真己はそれを翻さなかった。

「……嫌いじゃない」

違う、本当はこんな返事をしたいわけではない。

胸の中で激しい葛藤が湧き起こったが、真己にはそれを表に出すことができなかった。

「――わかった」

アレックスはおそろしく冷ややかな声で低く吐きだすと、そのまま大股にドアまで歩き去っていく。

「アレックス」

真己は思わず呼び止めていた。

それでも足を止めてくれなかったので、てっきり無視して出ていくのかと思ったが、アレックスはノブに手を置いたところでふいに動きを止め、僅かに頭を巡らせて真己を流し見た。

冷えた眼差しだった。

あるいは、内心の激情を静めるために無理して感情を押し殺していたせいなのかもしれない。

「わかったと言っただろう。つまり、おまえは俺を嫌いではないが、好きでもないわけだ」

声もまた、凍りついたように固い。

咄嗟に「そうじゃない」と叫びそうになったが、アレックスはバタンとドアを閉めて去っていき、真己は出し損ねた言葉を苦い気分と一緒に呑み込んだ。

事件は次の日に起きた。

午前中から二時過ぎまで宝飾コレクションの仕事をし、ランチタイムを取りに上がっていくと、入れ違いにアレックスとカリーナが部屋を出てきたところだった。

「ねぇ、あれ、相当な価値があるんでしょ？」

「そうみたいだな。俺はよくわからないが大伯母が大事にしていたようだから」

「昨日コレクションルームで見掛けて、ぜひ手に取って見せてほしくなったのよ。ごめんなさいね、忙しいのに」

カリーナはアレックスにじゃれつくようにして、浮き浮きと足取りも軽く歩いていく。どうやら昨日言っていたブローチのことらしい。

すれ違いざまにアレックスと目が合ったが、アレックスの方からスッと逸らされた。昨夜のことが真己の脳裏を駆け抜け、気が重くなる。好きで好きでたまらないのに、それを伝えられないのが苦しかった。

ダイニングテーブルにはたった今二人が済ませたばかりらしい食器類が残っている。真己の席だけ皿とナプキンがセットされたままだ。椅子を引いてテーブルに着いたのと同時に厨房との間にあるサービスルームから執事が入ってきて、すぐさま真己に食事を運んでくれた。

「顔色がよくないようですが」

執事に心配され、真己はそうなのか、と他人事のように思った。確かに食欲もあまりなく、湯気の立つせいろで出されたシュウマイや餃子《ギョウザ》などを見ても、美味しそうだと思うわりに食が進まない。ロー家の食事は基本的には西洋風のメニューが多いのだが、この日の昼はカリーナの希望で飲茶《ヤムチャ》になったらしい。

アレックスが蒼白な顔をして引き返してきたのは、真己が食事を始めて五分もしないうちだった。

「マサキ」

低く押し殺したような声で呼びかけられ、真己は何か不都合が起きたのだなと瞬間的に思ったが、何が起きたかは見当がつかなかった。

アレックスの背後からカリーナも遅れて顔を覗かせる。

二人ともなんともいえぬ奇妙な顔つきをしていた。アレックスには戸惑いと混乱が認められた。カリーナは猜疑《さいぎ》に満ちた目で真己を見、いつもは無遠慮な発言をする唇を真一文字に結んでいる。

真己の背中を嫌な予感が駆け抜けた。

「何かあったのか、アレックス?」

「おまえ、奥から二列目のショーケースを開けたか?」

唐突な質問だった。奥から二列目といえば、昨夜カリーナがエメラルドのブローチを見つけた場所だ。さっき二人が交わしていた会話が頭をよぎる。二人が下に降りていったのはその大伯母の形見だという宝飾品を見るためのようだった。

「いいえ」

真己はものすごい勢いで打ち始めた心臓を意識した。

「僕は開けてない。きみに頼まれた仕事に関係したアイテムは、手前三列に陳列してあると聞いていたから、奥のケースは見てもいない」

落ち着いて話しているつもりでも声が震えた。事実を言っているのだが、なんだか嘘をついているような嫌な気持ちになる。

「今朝も見なかったということか？」

「見なかった」

「触っていないんだな、確かに？」

念を押されて、さらに頭の中が真っ白になった。

アレックスに疑われている。

その衝撃と屈辱に打ちのめされた。

「……触ってないよ」

何かが無くなっているのだ。たぶんブローチに違いない。だが真己にはそれをアレックスに確

かめる勇気がなかった。

危惧したとおりアレックスは、エメラルドのブローチが無くなっている、と告げた。

「あれは大伯母の形見だ。値段の問題ではなく、俺は他のどれより大事に思っていた」

「僕は、触っていない、アレックス」

たまらなくなって繰り返す。

アレックスの目が怖かった。決して睨みつけられているわけではないのだが、心を見透かすように鋭くこちらに向けられた瞳は、いつもよりずっと暗い灰色をしている気がする。

「わかった」

何がわかったのか、アレックスは短くそう言うと、大股に部屋を横切って出ていった。

「アレックス！　待って」

カリーナがちらりと意味ありげな目つきで真己を見てから追いかけていく。

真己はその場に固まったまま、指一本動かせなくなっていた。


決して真己を疑っているわけではなかった。アレックスはただ真己にはっきりと否定してもらいたくて質問しただけだ。

「ショーケースの鍵束は彼が預かってたんでしょう。考えたくないけど……ねぇ、アレックス」

後ろからついてきたカリーナは、どこか陰湿な響きを含ませた発言をしてアレックスの神経を逆撫でする。

「鍵束はショールームにあるチェストの引き出しにあった。マサキが持ち歩いていたわけじゃない。機会があれば誰でも使えたということだ」

「でも、他に誰がそんなことをするって言うの。今までいっさいこんな事はなかったんでしょう。彼が来た途端に起きるなんて変じゃない」

「いいからきみは黙っていてくれないか、カリーナ」

一人になって気持ちを落ち着かせたかったので、アレックスはぶっきらぼうに言う。こういうときにカリーナと話をすると苛立ちが募るばかりだ。

鬱陶しい。いい加減にしてくれ、と思う。

彼女の邪推癖にはほとほと参る。「彼が来た途端」ではなく、むしろカリーナが来た途端、彼女がいるときに限って、問題は起きるのではないかと言ってやりたくなる。そこまで考えたとき、アレックスの脳裏を嫌な憶測が掠めた。しかしアレックスはそれを頭から払いのけ、まさかそこまで又従姉妹を悪く思うこともないだろうと思い直す。ただ、疑いをすべて払拭できたわけではなかった。

「そんな、怒らないで。わたしにカリカリしたってしょうがないでしょう? それより、今夜も泊まっていいかしら。なんだか気が滅入《めい》って。明日は帰るから」

カリーナが媚びるように上目遣いでアレックスを見る。

「勝手にするといい」

アレックスはそっけなく言い捨て、書斎に引き籠もった。

昨夜といい今日といい、アレックスを落胆させるようなことばかり起きる。真己とのドライブはとても楽しかったのだが、屋敷に戻ってみればカリーナが来ていて、成り行きから泊めるしかなかった。そのせいか真己はディナーの間中無口で、食事を終えるとどこかに消えてしまった。はっきりと確かめたことはないが、真己はカリーナが苦手なのだろう。

カリーナにぐずぐずと引き止められていたアレックスは食後もずっと居間で過ごし、やっと彼女から解放されてからは書斎で急ぎの仕事を片づけなくてはならなかった。だから部屋に引き取ったのだと思っていた真己が、実は食事の前に説明したばかりだったコレクションの仕事に、もう取りかかっていたとは思いもかけなかった。就寝の挨拶に来たカリーナからそれを聞かされたときには耳を疑ったものだ。

アレックスは真己に、書庫の仕事が済めば帰ると言いだされるのが嫌だった。聞かなくても、香港に留まる件にいい返事は期待できそうにないとわかっていたのだ。もう少し引き止めたいという焦りが突発の仕事を依頼する形で出たのだが、真己には少しも意図を汲《く》んでもらえなかったらしい。もどかしくてしょうがなかった。

真己はアレックスが欲情していたのを知っても、困惑はしたが嫌悪はしなかった。それなのにいざ抱きたいと意思表示したら、きみとはできない、などと断られる始末だ。真己は二人の関係を「遊び」と言ったが、彼にそんな器用なまねができないことは、明白な事実だ。とても言葉通りには信じられない。

きっと何か他に理由があるのだ。

もしかするとカリーナがいたからあんなふうに意固地になったのかもしれない。アレックスはそのことに思い当たった。なぜか真己は彼女にとても遠慮している。カリーナが同じ屋根の下にいたから拒絶したと考えるのは、あながち的はずれではないかもしれない。

あの時確かに真己の方も前を強ばらせかけていた。以前はカリーナがいようといまいとそれほど気にしなかったはずなのに、六年の間に彼の倫理観が強まったのだろうか。ともかく、もし原因が彼女だとすれば、間が悪かったとしか言いようがない。

どうすれば真己に本気が伝わるのだろう。

もう遊んでいられる歳ではないと確固たる口調で言われたとき、アレックスはきっぱりと遊びではないと言い切れなかった。真己が求めている形がどういうものか、はっきりとわからなかったからだ。具体的に戸籍の関係をつくれば遊びではないと認めてくれるのか。それとも気持ちの問題なのか。戸籍、と言われれば、哀しいかなすぐには頷いてやれない。真己がそんなものに拘るとは考えたこともなかった。しかし、気持ちの上ではこれ以上は無理というほど真己を愛している。それは彼も承知しているのではなかったのだろうか。

男同士はこういう場合どうしようもなくやっかいだ。アレックスは自分の気持ちを形に変えて表現してみせることが難しい。六年離れていてもまるで冷めていない愛情を、どうにかして真己に理解して欲しかった。

そんなことばかり考えていた矢先に、今度は大伯母の形見の紛失事件である。アレックスは当惑を隠せない。どうしてこう次々と面倒なことばかり続くのかと腹立たしくなる。

なぜブローチが無くなったのか知らないが、それが真己の仕業でないことだけは明白だ。彼がそんな男でないのはアレックスが一番よく理解している。

たぶん、どこかに紛れ込んでいるのだ。きっとカリーナがまた早とちりしているに違いない。あの騒動の元みたいな又従姉妹にはもういい加減うんざりだ。

アレックスは苦虫を嚙みつぶしたような気持ちでそんなことばかり考えていて、午後は少しも仕事に身が入らなかった。

ブローチが無くなったのは自分のせいだ。

真己は激しく落ち込み、どう償えばいいのかさっぱりわからないでいた。

盗んだのは自分ではない、これははっきりしている。けれど、鍵の管理に気を配らなかったのは明らかに真己の責任だ。コレクションルームの仕事を任されている間だけでも自分にその義務があったことは間違いない。

お金でどうにか片が付くものならこれほど悩まなくてよかったかもしれないが、なにしろ無くなったものはアレックスにとってはかけがえのない、大切な人の形見だという。それが無くなったとなると、真己にいったい何ができるだろう。

事件を知ってからはとても仕事に戻るどころではなく、むしろ二度とコレクションに触れてはいけないと自分を戒めた。もうできない。自信がない。せっかくアレックスが信頼して任せてくれたのに、それを裏切った。

きっとアレックスは呆れただろう。最悪、まだ疑われているかもしれない。

真己はアレックスに誤解され、軽蔑されることを思うと、苦しくて居ても立ってもいられなくなる。

どうにか部屋に引き取って、魂を抜かれた人形のように窓辺の椅子に座り込んでいたのだが、こんなふうにしていても埒があかない、と自分を叱咤した。

とにかくアレックスの元に行き、どうしたらいいか聞かなければ。

だがその前に、鍵をきちんとしておくべきだと思いつく。

足が竦んでうまく歩けなかったが、やっとのことでもう一度地階に下り、チェストの引き出しから鍵束を取る。ショーケースごとに異なる鍵が付けられていて、鍵には番号が貼ってある。これを見つけた人は誰でも容易に品物を持っていくことができたはずだ。屋敷への出入り自体は強固なセキュリティシステムが施されているが、いったん中に入ればこんなふうに鍵一本で大事な財産を管理している。今度の経験からアレックスは今後コレクションルームにも盗難防止策を取るだろう。

見たくなかったが、問題のショーケースを含め、すべてのケースに鍵が掛かっているかを確かめた。鍵は全部掛かっている。そしてブローチが置かれていたと思しき場所には、ベルベットの台座が真己を責めるようにあるだけだった。

真己は意を決し、そのままアレックスの書斎に鍵を返しに向かった。

どんな非難も甘んじて受ける覚悟ではいたが、手の指や膝が小刻みに震えてしまうのは止められない。

部屋のドアをノックするのにも相当な勇気を要した。

ドアを開けてくれたとしても、うまく話ができるかどうかわからない。真己もアレックスも普段からあまり口が達者な方ではないし、再会してからは特にその傾向がひどくなっている。もしアレックスに冷たく「出ていってくれ」と言われたら、感情を乱さず静かに引き下がれるかどうか、まったく自信がなかった。

ノックをしても暫くはしんとしていた。部屋の中からは物音一つしない。

真己は手にした鍵束を握りしめ、固唾《かたず》を呑んで待ち続けた。

それでもドアは開かない。

もう一度ノックをしようと腕を上げたとき、ようやく足音がしてガチャリと重い扉が薄く開かれる。

真己はアレックスの強ばった顔を見た途端その場から逃げだしたくなったが、勇気をふるって留まると、まずは鍵を差しだして、深く項垂《うなだ》れた。

「ごめん、アレックス」

それだけ言ったところで、情けなくも涙が出てきて、先を続けられなくなる。

「おい」

アレックスが驚いて真己の手から鍵を受け取り、手首を摑んで部屋の中に引き入れた。

「マサキ、おい。……クソッ！」

どうにも顔を上げられなくなった真己の頬に手のひらを触れさせたアレックスは、指が濡れたのを知ると、自分自身を罵った。

「マサキ！」

すっぽりと腕に包み込まれ、胸に抱き寄せられる。その拍子に鍵束が床に落ちたが、アレックスは無視した。

「頼むからそんなふうに泣くな。俺はおまえに泣かれたくない」

真己も決して泣くつもりではなかった。なんとかして涙を止めたいのだが、アレックスの言葉を聞くと、ますます感情が高ぶり、次から次へと零れてくる。

「マサキ……マサキ」

アレックスの胸に抱かれ、背中を撫でさすられながら、真己はどうしようもなく泣き続けた。

「おまえのせいじゃない」

アレックスはそんな真己にずっと囁き続ける。

「俺はいつでもおまえを信じている」

信じているの言葉に、また涙が湧いた。今度は安堵と嬉しさからだ。

アレックスの指で髪を優しく梳《す》かれる。それから頬にそっと手を添えて、震えていた唇の上も撫でられた。

「……愛している」

アレックスは絞りだすような調子で言う。

「マサキ、愛しているんだ。いい加減わかってくれ」

終《しま》いにはアレックスまで涙声になった気がして、真己は驚いた。

「どうすればいい。どうすればおまえは俺を信じるんだ」

なぜか、アレックスの方が悲嘆に暮れている。

真己はシャツの袖で頬を拭き、思いきってアレックスを見上げた。ブローチのことで謝りたかったのに、アレックスはそれよりももっと大事な問題があるかのように辛そうな表情をしていた。

アレックスの瞳はうっすらと湿っていて、とても真摯だった。

「アレックス」

昨夜口論したことなど真己の頭から抜け落ち、ただアレックスに詫びたい、彼の望みに応えたいという気持ちだけが真己を動かした。

細い指でアレックスのベストを摑み、少しだけ背伸びをする。

濡れて重い睫毛《まつげ》を伏せて顎を差しだすと、アレックスの唇が遠慮がちに真己の唇に下りてきた。

触れ合った途端にゾクリとする快感が全身を貫く。

「あ……」

たまらなくなって微かに喘ぐ。

同時にアレックスは渾身の力を込めて真己を抱き竦め、キスは貪るように激しく濃密なものになった。

なにがなんだかわからなくなる。頭の中は真っ白だ。

アレックスは崩れそうになった真己の腰を支えて自分の体に引き寄せ、くすぶっていた情熱のすべてをぶつけるようなくちづけを続ける。

いいのだろうか。

いいのだろうか。

真己は激しく悩んだ。

本当にこのまま行くところまで行ってもいいのだろうか。真己自身は構わない。アレックスのことを愛しているのだ。しかしカリーナにはどう詫びたらいいのだろう。

ああ、でも。

アレックスが欲しい。他のことはもう何も考えられない。

そう思った途端、真己は全身から力を抜いていた。

「マサキ」

すかさずアレックスに抱き上げられる。

横抱きにされたまま一番奥の寝室まで運ばれて、綺麗に整えられていた寝台に下ろされたとき、真己は最後にほんの少し残っていた躊躇いをすべて払いのけたのだった。


数年ぶりに抱きしめた真己は、相変わらず細く頼りなげで、彼を愛しく感じるアレックスの気持ちに拍車をかけた。

できることならなんでもする。だからずっと傍にいて欲しい。寮にいたときのように迷いのない瞳で自分を見て欲しいのだ。

アレックスは真己の身につけたコットンシャツのボタンを外し、露わになった白く滑らかな肌を手のひらで撫でた。

「あ……っ」

真己がビクッと身動《みじろ》ぎした。胸の小さな尖りを指で触ると、切ない吐息をつく。感じやすいのでほんの少しの愛撫にも敏感に反応する。以前とまったく変わっていない。アレックスは真己を再び自分の腕に抱いているのだとますます強く実感し、嬉しさが込み上げた。

「……ずっとこうしたかったんだ」

ベストを開き、ネクタイを緩めながら、アレックスは広い寝台に横たわった真己に熱い口調で告げた。

「おまえを裸にして、もう一度俺のものにしたかった」

真己の蒼白い顔がパアッと朱を散らしたように赤くなる。真己は気恥ずかしさに耐えかねるように顔を横に倒すと、長い睫毛を伏せて軽く目を閉じた。

「マサキ」

アレックスは真己の頬に手を添えて優しく顔を正面に向かせ直し、瞼《まぶた》にくちづけをする。

そうすると真己は静かに目を開き、じっとアレックスを見上げてきた。綺麗な瞳が潤んでいる。頬の赤味はさっきよりほんの少し引いていた。

まるで初めての時のようだ。

アレックスは真己を初めて抱いたときのことをはっきりと覚えている。知り合ってすぐ恋に落ち、彼も自分と同じ気持ちだとわかった夜、がまんできなくて一つのベッドに寝た。真己が未経験なのは確かめなくても察せられたから、アレックスは細心の注意を払った。真己に怖がられたくないし、もちろん嫌われたくもない。正直に言えば、自分自身も男相手は初めてでかなり戸惑った。だが、好きだという気持ちが全てを解決した気がする。真己は他人の手や指でされる行為に激しく戸惑いながらも、辛抱強くアレックスの行為を受け入れた。アレックスはその健気さが嬉しくて、絶対に真己を離さないと自分の胸に誓ったのだ。

「おまえを抱きたくて抱きたくて、気が狂いそうなくらいだった」

「アレックス」

真己はまだ少し戸惑い、躊躇っていた。

余計な迷いを捨てさせるため、アレックスは全裸になった互いの体をぴったり添わせ、真己を力いっぱい抱擁する。

「……ああ、あ」

真己が息苦しさと同時に感極まったような喘ぎ声をたてる。何も言葉にはしないが、真己も抱きしめられることで体中を歓喜に満たしているのだとわかる。足を絡ませ合い、互いの熱を交換し、真己の柔らかな唇を何度も吸い上げた。そうしているうちに、アレックスの抱えていた蟠り《わだかま》は徐々に消えていく。真己も同じ気持ちならばいいと思った。こうして抱いて気持ちを伝えれば、真己の悩みも少しは解決するだろう。

真己はとても恥ずかしがって、自分からは何もしなかった。そのぶんアレックスの要求には従順で、もっと足を開いてと言えば素直に開くし、彼の口に舌を差し入れればおずおずとだが自分も舌を絡ませてくる。送り込んだ唾液もそのまま嚥下《えんか》した。

アレックスの前は早いうちから硬く屹立し、真己が甘い喘ぎを洩らして白い体を震わせるたびに、今すぐ彼の中に挿入したいという欲求に駆られた。それを抑えて、狭い道を濡らして広げ、傷つかないように準備する。

「あっ……あ、うっ……」

最初に入れた中指がどうにか抜き差しできるようになると、アレックスは慎重に二本目の人差し指を隙間から潜り込ませていった。真己の中はおそろしく狭くて締まりがよく、過去にアレックスを何度も受け入れたことがあるとは信じられないほどだ。二本の指を受け入れるのすら苦しそうで、真己は唇を嚙みしめてシーツに指を立て、ときどき荒い息を吐く。

「大丈夫か？」

「……うん。あ……っ！」

返事をした先から顔を歪める。

アレックスは真己の頰やこめかみ、シーツに散らばる髪を撫で、精一杯労《いたわ》った。

ジェルをつけた二本の指をゆっくりと筒の中で動かしながら、痛みに集中してしまう真己の意識を散らすため、胸の突起を吸ったりまだ萎えたままの股間を弄ったりする。そのうち真己も内側からの刺激に慣れてきて、徐々に昔の感覚を取り戻してきたようだ。辛そうだった声に少しずつ艶が混じり始めた。前も硬度を増してきて勃ちかけている。

アレックスは真己が感じているのが嬉しくて、太股の内側を撫で上げた。

「あああっ」

真己が腰を揺らす。内股は昔から真己が弱い部分だ。変わらない反応がアレックスに自信を持たせる。

中を蹂躙《じゅうりん》していた指で奥にある感じる部分を押し上げると、真己は立て続けに嬌声《きょうせい》を放ち、激しく頭を振り乱す。屹立した先端から透明でべとべとした液がじわりと滲みだした。それをアレックスは指の腹で塗り広げ、小さな穴にも爪を割り込ませる。

「やめて……いやだ、アレックス」

嫌と言うのは口先だけで、真己の本音がそれと逆なのは明らかだった。

アレックスは意地っ張りで嘘つきな唇をキスで塞ぐと、引き抜いた指のかわりに自分のものを押し当て、一気に貫いた。

「あああ、あっ！」

真己が尖った顎を仰け反らす。目尻からシーツに涙がこぼれ落ちた。

「マサキ。……うう っ」

狭い筒に痛いほど引き絞られて、アレックスは思わず呻いた。

真己の内側は最高に気持ちがよかった。熱く湿ったものに包み込まれ、前後に腰を動かすたびにそれが絡みつく。

「お願い、アレックス。う、動かさないでっ！」

アレックスは酷なことを口走る可愛い唇を吸い、汗ばんだ額を手のひらで撫でてやる。

「あ、あ……」

「おまえが悪い、マサキ。俺を六年も放りだして飢えさせた」

「そんな、こと」

嘘ではなかった。

アレックスは信じない真己が憎らしくなり、懲《こ》らしめるように腰の動きを速くする。

「あああ、ああ、いや」

真己もセックスが久しぶりだったに違いない。ひょっとするとアレックス同様、別れてから誰とも寝ていないのかもしれない。少なくとも男に抱かれるようなことはなかったのだろう。

「おまえの男は俺だけか？」

ばかげた質問だと思ったが、どうしても聞かずにはいられなかった。

真己は切れ間のない快感に身も心もめちゃくちゃに翻弄されていて、いつものように強情を張って本心を隠すような余裕をすでになくしている。

「答えろ、マサキ」

答えなければずっとこのまま責められると思ったのか、真己は啜《すす》り泣きながら頷いた。

アレックスは幸福感で舞い上がりそうになる。この体を征服したのはまだ自分一人なのだ。真己は他の誰にもこんな扇情的な顔を見せたことがなければ、艶やかで切羽詰まった喘ぎ声を聞かせたこともない。見ず知らずの誰かに激しい嫉妬を覚える必要はないということだ。

この男は俺のものだ、とアレックスはあらためて強烈な独占欲を持った。

絶対誰の腕にも抱かせない。

アレックスは強く抱けば折れそうな細身をシーツに縫い止め、腰を抱え上げて更に挿入を深くした。

「ひ……あっ……あああ――！」

真己が切れ切れの悲鳴を放つ。しかしその声には確かに悦楽の響きが混ざっていたので、アレックスは躊躇しなかった。

この綺麗で優しい男は自分のものだ。

独占欲が何度も頭を擡《もた》げ、二度と離さないという想いがそのたびに増幅する。細い腰を揺さぶって責めながら、アレックスは自分の情熱を容赦なく真己にぶつけ続けた。

「やめて、やめてくれ……！　こわれる、アレックス！」

激しい抜き差しに真己が泣きながら弱音を吐く。両腕をアレックスに押さえつけられているのでずり上がって逃れることもできず、ただ与えられる快感に身を任せるしかないのだから、惑乱せざるをえないのだ。

「こわれるっ！」

「覚悟して抱かれたんじゃないのか。こわされてもいいと思って抱かれたんだろう」

アレックスが耳元で決めつけるように囁くと、真己はたまらなさそうにシーツを握り締めた。乱暴な言葉を使うとますます気持ちが高ぶり、官能を深めるのだ。アレックスは、どうすれば真己を我を忘れるほどの悦楽に導いてやれるのか、よくわかっていた。

愛しているという激情と愛されているに違いないという誇りに満たされて、アレックスは追い込みをかけた。このまま真己の中で達《い》きたかったので最後まで抜かずに奥に吐きだす。

「あああっあっ」

真己は陸に揚げられたばかりの小魚のようにのたうつ。熱い迸《ほとばし》りを受け止めてたまらない感覚がしたのだろう。アレックスが腕を離してやると、堪えかねたように背中にしがみついてきた。ひどく興奮している。アレックスは真己の口を塞ぎ、足の付け根に手を入れて苦しげに息づいているものを扱いてやる。慣れていた頃は後ろだけでも達していたが、今回は無理だったようだ。

ビクビクと小刻みに揺れる体をしっかりと支え、アレックスは真己の快感を確実に引きずりだ

していった。

「う……」

深いくちづけの合間に真己が呻く。

「気持ちいいか?」

こくり、と素直に頷き、ううっと切ない声を洩らす。開いた瞳の際からはすーっと一筋涙が落ちてきた。

「綺麗だ」

本当に綺麗だった。

興奮して薄桃色に染まった頬と白い肌、色味の強い唇。男としての最終的な快感を得ようとして喘ぐ仕草は、アレックスが知っている誰より愛しい。

「う、んっ……は……」

もうだめ、と真己が切羽詰まった声で哀願する。

アレックスは真己の猛った欲望を解放してやった。

真己はアレックスの胸に顔を埋め、ぶるぶると震えながら濃い液体を胸まで飛ばして果てた。

「多かったな」

「……やめて」

アレックスが揶揄《やゆ》すると真己は消え入りそうな声で恥ずかしがった。可愛くてますます苛めてみたくなる。しかし拗ねられても困ると思ったので、鼻の頭をぺろりと舌先で舐めるだけに留めておいた。

「もう一度やり直そう、マサキ」

そう言いながらも、いったい何が悪かったから「やり直す」などという身に覚えのない言葉を使う羽目になったのかアレックスは不思議だった。自分たちはこれ以上ないほどうまくいっていたはずだ。男同士だから将来的な不安や障害はもちろんあったが、真己が突然飛びだして、しかも消えなくてはいけないような切迫した状態では断じてなかったと思う。やり直しせざるを得ない現状が悔しい。

きっとどこかで誰かがボタンを掛け違えたのだ。

快感の頂点から突き落とされてしどけなくアレックスに抱かれていた真己は、憂いの滲んだ顔を向け、でも、と口籠もる。

「俺はおまえを諦められない」

アレックスは重ねて強く断言した。真己が迷うなら、アレックスが強引にでも引っ張るしかない。真己と再会した瞬間からアレックスの決心はついていた。だから卑怯な手段を講じてまで真己を自分の元に連れてきたのだ。こうして抱いてしまい、真己も悦楽に喘ぐ姿を見せた以上、なにも遠慮する必要は感じない。むしろ元の鞘《さや》に戻るのが当然だと思えた。

「日本に恋人がいるわけではないし、仕事が待っているわけでもないなら、俺と一緒に住んでくれ。俺はおまえを大事にすると誓う」

アレックスが真剣なのは真己にも通じたはずだった。しかし真己の表情はまだ明るさを取り戻さなかった。

「なぜそんなに俺を拒絶するんだ。さっき抱かれたのは一時の気の迷いとでも言うつもりか？もしおまえが、これがエメラルドのブローチを無くした詫びのつもりだったと言うのなら、俺は本気でおまえに腹を立てるぞ」

凄味のある口調で詰め寄ったせいか、真己は蒼白になって顎の先を震わせた。どうやらそういうつもりもいくらかあったのだろう。しかしアレックスは、例え嘘でもなんでも真己が「違う」とか細く否定したので、追及しなかった。

かわりに唇を触れ合わせる優しいキスをする。

「おまえは俺が好きだと信じている」

「アレックス」

真己は泣きそうに顔を歪め、アレックスの裸の胸に頭を押しつけてくる。

アレックスはどうにも頼りなく感じられる肩を抱き、シーツを引き上げた。たぶん香港に来て真己にはいろいろなことが起こりすぎたのだ。その責任のほとんどは自分にあると承知しているだけに後ろめたい気持ちになった。

身体も心も疲れきった真己は、気がつくと寝息をたてていた。

サラサラの綺麗な髪に触れ、長い睫毛がときどき微かに揺れるのを眺めているうちに、アレックスの瞼も重くなってくる。気怠い解放感に包まれた体が眠りを欲しがっているのだ。こんなふうに寝るのは何年ぶりだろう。

まだ完全にとはいえないが、再び真己を手に入れられた喜びがアレックスを満たしている。今後もこうして毎日真己と話し、体を重ね、少しずつお互いを理解していけば、きっと真己も迷わなくなるだろう。アレックスはそうなるための努力を惜しまないつもりだ。

一度失敗しているだけにアレックスの決心は固く、揺るぎなかった。


ふと目が覚めると、カーテンを引いていない窓の外は真っ暗になっている。真己は慌てて寝台から体を起こした。すぐ横に眠っているアレックスはスプリングが揺れても起きる気配はない。男らしく精悍に整った顔をこんな至近距離で見るのは数年ぶりだ。胸が引き絞られるほど切ない思いが込み上げる。

こんなにもアレックスを愛している、と胸の痛みが教えていた。

しかし真己はその気持ちにすんなりと従うことができない。あれほど繰り返しアレックスに乞われても、カリーナのことがある限り、どうしても素直に頷けないのだ。

真己は素足を絨毯《じゅうたん》に下ろし、辺りに脱ぎ落とされた衣服を身に着ける。アレックスのズボンとベストも拾い上げ、クローゼットに仕舞われていた上着と一緒にハンガーに掛けた。カッターシャツとネクタイや靴下などの小物は、軽く畳んで一纏《まと》めにしておいた。

立って動くと体の奥にある疼痛を意識する。

アレックスはおそろしく情熱的だった。思い起こすとぞくぞく体の芯が震えてしまう。硬くて太いもので思うさま突き上げられ、あられもない声を数えきれないほど放った。本気で壊されてしまうのではないかと不安になるほど激しくて、あまりの気持ちよさにどうにかなりそうだったのだ。

真己はまだ怠さの残る体と、泣いたり叫んだりしてある意味すっきりした頭を抱え、とにかく自室に戻ろうとした。寝室を出て隣の書斎を抜け、廊下に通じるドアのある広い居室に行く。そこの置時計を見ると九時だった。アレックスの部屋に行ったのがまだ四時前だったはずだから、日も高いうちから五時間もベッドに入っていたことになる。当主が夕食に顔を出さなくてもよかったのかと、いらぬ心配が頭を擡げてくる。もし執事や小間使いがようすを見に来ていたとしたら、さぞや驚いたことだろう。明日の朝皆と合わせる顔がない。

ドアを開けて廊下に一歩出た途端、真己はあっと叫んだ。

カリーナが目の前の壁に背中を預けた恰好で立っている。腕組みをして、すらっとした足を交差させていた。昼間の服装はよく覚えていないが、今は真っ黒のパンツスーツを着て、いつもとは打って変わったマニッシュな雰囲気だった。

カリーナの冷たく取り澄ました顔には奇妙な余裕があり、それが真己を緊張させた。

「寝たの？」

いきなり単刀直入に切り込んできた。

真己はごまかすことはもちろん、肯定も否定もできずに俯くしかない。罪なことをしたという申し訳なさと同時に、それでも自分はどうしてもアレックスが欲しかった、という抑制しきれない気持ちがあった。しかもアレックスの方も信じられないほど激しく真己を欲してくれたのだ。あんなふうに求められてなお拒絶できるほど真己は強くない。カリーナとの約束を破った罪悪感だけが今の真己を責め苛《さいな》んでいて、とても彼女の顔をまともに見られない。謝ることさえも欺瞞《ぎまん》に思えて、どう返事をすればいいかまったくわからなかったのだ。

「ばかな人ね」

あしざまに罵《ののし》られるかと思いきや、カリーナが次に発した言葉はそれである。憎まれているというより、むしろ、憐《あわ》れまれているようだった。

真己がカリーナの態度に違和感を覚えて当惑していると、カリーナはフン、と嘲笑した。そして真己の横に歩み寄ると、「来て」と有無を言わせぬ口調で言う。カリーナが真己を連れていこうとしているのは、たった今真己が出てきたばかりのアレックスの部屋だ。真己はたじろいだ。

「アレックスはまだ眠っているけれど」

「そんなことわかってるわよ」

カリーナがぴしゃりと返す。

「あなたが一人でここから出てくるからには、アレックスは寝てると思うのが当然でしょ。でなければ、絶対にあなたをベッドから一人で降りさせるはずないもの。昔の失態があるものだから、余計にね」

婚約者としての当然の権利なのか、カリーナは他人の居室に平然と入り込む。寝室は一番奥にあたり、ドアがあるため部屋として独立した造りになっている。居室と書斎は間仕切りの壁がせりだしているだけで、構造としては繋がっている。

カリーナは寝室へのドアには近づかず、手前の書斎に置かれている重厚なチェリー材の両袖机に歩み寄った。

「あなたも本当に世間知らずというか、お人好しというか、間抜けだわね」

さすがにカリーナもここではごく低い囁き声になる。アレックスが起きだしてくることを警戒しているのだろう。真己にはカリーナの言いたいことがまるで予想できなかった。確かに彼女の言うことには一理あるのかもしれないが、こんな所に引っ張ってこられてそう言われても、どういうつもりなのかと訝しくなるばかりだ。

「わたしね、本当はアレックスとは婚約なんてしてないの」

突然カリーナはこれまでとはまるで違うことを言ってのけた。

真己はポカンとして、彼女の妙にサバサバした顔を穴が開くほど見つめた。カリーナは今何を言ったのか。婚約していない、と聞こえたけれど、確かにそう言ったのだろうか。真己はどうにも頭が回らなくなっている気がした。

「今まであなたにあれこれ難癖つけたのはね、全部嘘。あなたに妬《や》いていたからなのよ。ああ、でも、わたしの気持ちとしては本気でアレックスと結婚したかったし、できると思っていたのよ。なにしろどちらの家も大賛成だったんだから、アレックスさえ承諾してくれればいつでも式を挙げられたわ。でもあの人はちっともわたしのことなんて眼中にない。イギリスに留学してからというもの、めったに帰省もしなくなったし、したらしたであなたが一緒よ。彼の両親もね、ほとほと呆れて匙《さじ》を投げたみたいね。ロー家の跡継ぎは彼の弟夫婦がいるから彼を結婚させるのは諦めたのよ。彼は実業家としては辣腕《らつわん》だし、今の時代ロー家にはどうしたって彼の力が必要。だから彼は絶縁されないでいるんだと思うわ」

何もかもが初耳だった。真己には相槌を打つことすらできない。

「アレックスはね、根っからの遊び人なの。恋愛ゲームが好きなのよ。なぜわたしのことが眼中にないかわかる？　彼は手に入りにくそうなもの、落ちそうにないものを手中にするのが愉《たの》しいわけよ。わたしみたいに彼に夢中になりすぎていてはだめなの。だからあなたと二週間前に偶然出会ったとき興味を示したのよ」

「僕は……また、遊ばれたというのか、カリーナ」

「そうよ」

ここぞとばかりにカリーナは細い眉を跳ね上げて意地の悪い顔になる。

「しかも、今度は最初からね」

そう言って、おもむろに左の一番上の引き出しを開けた。

「あなたたちがベッドで破廉恥《はれんち》極まりない行為をしている間に、わたし、悪いとは思ったんだけどどこを調べさせてもらったの」

「なんだってそんなこと。いくらあなたでも、他人の机を勝手に開けるなんて非常識だ……」

「お説教はたくさん」

カリーナは鬱陶しそうに真己を遮ると、あらかじめ物色しておいたらしい茶封筒をさっと取り上げた。

「わたしね、今度のブローチが無くなった件で変だなと思ったの。この屋敷には外部からの侵入なんて無理よ。ここのセキュリティは、ハード面だけを取れば大使館クラスなの。よっぽどの腕がなきゃ忍び込めないし、また万一忍び込めたとしたら、あれ一つだけ盗んでいくような割に合わないことはしないわ。あのブローチより値打ちがあるものは、他にも掃いて捨てるほどあるんだもの。これは内部の人間の仕業よ。しかもあのブローチの価値を知っている人」

「カリーナ、頼むから回りくどい言い方はよして核心を言ってくれないか」

真己は真綿《まわた》で首を絞めるような彼女の話の進め方に苛立ち、落ち着きなく指を握ったり開いたりした。カリーナが真己を嘲笑って楽しもうとしているのが察せられるだけに耐え難かった。彼女は美人だが、性格は陰湿で執念深い蛇のようだ。

「なんて悲愴な顔をしているの、マサキ。せっかくの綺麗な顔が台無しよ」

カリーナはとことん楽しむつもりでいる。婚約のことで手の内を曝《さら》した以上、それよりもっと効果的な材料を手に入れたのだと考えるのが妥当だ。なんの材料かは明白である。彼女は真己が目障りで、どうにかして苦しめないと気が済まないらしい。そのためのものなのだ。真己も薄々はカリーナの陰湿さを感じていたが、アレックスの婚約者なのだと信じていたので、悪く捉《とら》えたくなかった。確かにとんだお人好しだ。

「ねぇ、マサキ。失くなったエメラルドはどこにあると思う?」

「僕にはわからない」

「あらそう? 少し考えたらわかるはずなのにね。わたしはもう見つけたわよ」

なんだか余興に興じているようなカリーナの微笑に真己は眉を顰めた。彼女の自信に満ちた態度にも違和感が付きまとう。

カリーナが今掲げ持っている封筒の中にブローチがあるのだろうか。

しかし、彼女は真己の視線の先に気付くと、鼻で笑った。そして思わせぶりに顎をしゃくってみせ、真己の斜め後ろの飾り棚を指し示す。そこにはいろいろなものがのっていたが、真己はオルゴールの箱に目を留めた。

「見てきたら」

カリーナに促され、真己は吸い寄せられるようにそこに近づき、祈るような気持ちで蓋《ふた》を開けた。螺子《ねじ》が巻かれていないのかオルゴールは鳴らない。手のひらにのるような小さい箱で、右半分が小物入れになっている。そのビロード張りの箱に、真己が初めて目にする失くなったはずのブローチがあった。

真己は額を押さえ、茫然とそれを見つめた。

「ね、わかったでしょう」

真己の傍に歩いてきたカリーナが、真己の手からオルゴール箱を取り上げ、丁寧に蓋をして元の位置に戻す。

「アレックスがすべて仕組んだの」

「……なんのために……？」

「決まってるじゃない」

聞きたくない。真己はもう少しでなりふり構わず叫びだすところだった。

カリーナは綺麗にルージュを塗った唇をきゅっと吊り上げ、からかうような目でそんな真己を見ながら、返事に間を置いて焦らす。性悪な猫が獲物を追いつめて愉しんでいるときの目つきと同じだ。ひどく嫌な感じだった。

たっぷりと真己の表情を観察してから、カリーナは唇を開く。

「あなたも本当に間抜けね。まんまと彼の手管《てくだ》に引っ掛かって、また退屈しのぎの愛人に逆戻りするなんて。アレックスはあなたを抱いて遊びたかっただけ。好きとか愛してるとか囁いて、うっとりしたところを見て笑いたかっただけなのよ。あなたみたいに綺麗な男はそうそういないから、寄宿舎にいた頃もご満悦だったんじゃない。だからわたしがやめさせてあげたのに、性懲りもなく同じことを繰り返して。ばかじゃないの」

「アレックスはそんな男じゃない。適当なことは言わないでくれ。この宝石も、たとえばカリーナ、きみがここに置いたんじゃないと言い切れるか？」

真己にはカリーナの言葉を信じるだけの、彼女に対する信頼が皆無だ。六年前はまんまと嘘を真に受けて騙された。それと同様に今度も彼女が嘘をついていないとは限らない。いくら真己が世間知らずでも、そこまでお人好しではない。

カリーナは真己の反論にぐっと詰まったようだが、すぐまた強気に出てきた。

「じゃあこれはどう？」

彼女の手に握られていた茶封筒が真己を小馬鹿にするような調子で振られる。

真己は唇を噛み、彼女と封筒を交互に見た。

「ほら、これはあなたのものだから、返してあげるわ」

封筒が差しだされた。真己は手を伸ばすのを躊躇する。なぜか中を見るのが怖かった。これを受け取り、中身を見たら、自分はとことん打ちのめされてしまいそうな気がする。

「どうしたの、いらないの？」

臆病者、とカリーナの唇が音もなく綴《つづ》る。

真己はカリーナから封筒を受け取った。指が震える。小冊子が入るサイズの封筒は、かなりの厚みに膨らんでいた。

「中を見る前に断っておくけど、それはある男がアレックス宛に送って寄越したものよ。表書きを見ても広東語で書いてあって、あなたには読めないかもしれないから教えてあげる。疑うのなら辞書を引けばいいわ。その封筒は明らかにそれがアレックスの仕組んだことだという証拠よ。ブローチの場合はまだ言い訳の余地があるとしても、それは動かしようのない事実でしょ？　はっきりわかってよかったわね」

強烈な嫌味だった。どこまでもアレックスを信じたがっている真己をはっきり嘲笑しているのだ。

真己は覚悟を決めて、すでに封の切られている封筒から中身を摑みだす。

初めのひと束は、香港ドルだった。真己はそれをいったん机の上に置き、続いてすべての中身を取りだした。

「これ……僕のパスポート……？」

信じられなかったが、間違いない。香港に来た初日、ホテルから盗みだされた自分のパスポートだ。クレジットカードも、航空チケットもある。真己の体はショックのためか小刻みに震えだす。

「どうして……アレックス」

衝撃の強さに口がうまく動かせない。

「だから何度も言っているでしょ。あなたはアレックスに弄ばれたのよ」

カリーナの言葉は今度こそ真己の心臓をグサリと貫き傷つけた。

それでは、自分はアレックスに、最初から計画的にここに連れてこられていたのだ。

真己は怒ればいいのか喚けばいいのか、それすらわからずに混乱した。確かにこの証拠は動かし難かった。封筒にはアレックスの名前が書いてあり、それは昔彼自身が真己に書いてみせた字と同じだ。カリーナが今まで真己にどの程度嘘を言っていたのかはわからないが、少なくともパスポートと現金を盗まれたことに関してだけは事実を告げている。

もしかして、と真己は不意にぞっとした。

あの時街中で車にぶつかられそうになったのもアレックスの差し金だったのだろうか。怪我をさせて動けなくすれば、真己は嫌でも香港に滞在しなければならなくなる。まさかそこまで、と怖すぎる疑惑は払いのけようとしたが、どうしても頭から離れない。

抱ければなんでもよかったのだろうか。

真己は絶望感に、その場に膝を突いて崩れそうになった。

さっきあれだけ甘い言葉を囁き、奥深くまで貫いて揺さぶり、真己に淫らの限りを尽くさせた熱い行為は、全部ただの遊びだったというのだろうか。

わからない。

真己は混乱しきって、子供のように途方に暮れた。

しかしカリーナは真己をもっともっと傷つけないと気が済まないようだ。

「それでもアレックスが好きだというなら、わたしに忠告できることは一つしかないわ。せいぜい飽きられるまでの間、ベッドに乗ってはしたないことをさんざん言いながら、彼の楽しみに貢献してあげることね。そうしたら彼、別れるときに小切手をくれるかもよ。わたしはもうたくさん。アレックスと関わるのは金輪際やめるわ」

カリーナの言葉は耳に届いていたが、半分は聞き流していた。

パスポートの字がいつのまにか歪み、ぼやけて見える。

どうすればこんなひどいことを考えつくのだろう。本当にアレックスの仕業なのだろうか。真己はこういう男に、別れても想いを抱き、忘れようにもなかなか忘れられなくて、思いだしては辛い気持ちを持て余してきたのだろうか。

真己は強ばった手に握りしめていたパスポートを香港ドルが散らばった机の上に置き、緩慢な歩みで部屋を横切った。

「どこに行くの、マサキ？　ここを出てホテルに行くならわたしが車で送るわよ」

カリーナが追いついてきて腕を引いたが、真己は彼女の手を外させて一人で部屋を後にした。

そして、そのまま荷物の一つも持たずにアレックスの屋敷を出ていった。

■perpetuity

「……マサキ？」

微睡《まどろ》んだ状態で隣をまさぐったアレックスは、どんなに腕を伸ばしても虚しくシーツを滑るだけなのに気づき、慌てて跳ね起きた。

一緒に寝ていたはずの真己の姿がない。シーツはすっかり冷えていた。この状態からすれば、彼はずいぶん前に寝台を降りたらしい。

アレックスは嫌な予感に襲われて、裸のままウォークインクローゼットに飛び込むと、目に付いた服に腕を通し、スラックスを引き上げた。

迂闊だった。

すっかり眠り込んでしまっていた。

時刻を確かめると十時を過ぎている。

アレックスは真己が屋敷内にいることを願いつつ、寝室を出る。隣の書斎は真っ暗で、壁のスイッチを押して明かりを点けた。アレックスは明るくなった書斎をそのまま通過しようとした。

しかし、執務用の机に散らばっていた紙幣《しへい》が目の隅に引っ掛かり、ぎょっとして立ち止まる。

最初は泥棒なのかと思った。だが、紙幣の脇に茶封筒、そして真己のパスポートが重なっているのを見た瞬間、稲妻に打たれたような衝撃が全身を走った。

これが何を意味するのかは一目瞭然だ。

アレックスは激しく舌打ちして部屋を飛びだした。これではまたいつかと同じ悪夢の繰り返しだった。何回同じことを繰り返せばこのラビリンスから出られるのだろうか。

「じい！　じい！」

幅広の階段を駆け下りながら大声で呼び立てると、びっくりした執事が階段裏の控え室から足早にホールに入ってくる。

「な、何事でございますか、アレックスさま」

「マサキはどこだ。どこにいるか知らないか！」

はぁ？　と執事は当惑する。

「アレックスさまとご一緒ではなかったんですか。私はてっきり……その」

執事が語尾を濁して言い淀《よど》む。

そこに騒ぎを聞きつけたカリーナが二階の自分用のゲストルームから出てきて、階段の手摺りから身を乗りだす。

「どうしたの、アレックス？」

「カリーナ！」

アレックスはカリーナに手を振り、下りてくるように命じた。目が吊り上がり、厳しい顔になっているのは鏡を見なくてもわかる。彼女の姿を見た途端、アレックスの中に疑惑が甦ったのだ。疑いというよりも確信だった。

カリーナもアレックスの迫力に気圧《けお》されたのか、文句の一つも言わずにガウン姿のまま階段を降りてきた。

「カリーナ、正直に言え」

アレックスはカリーナの肩を摑むと壁に背中を押しつけ、目の位置を同じ高さにして彼女の顔を凝視した。

「な、なに……アレックス。怖いじゃない……」

「きみはいったいマサキに何を吹き込んだ。俺の書斎を勝手に弄《いじ》って、何をこそこそと裏でやっていた？」

「な、何を言いだすのよ、急に」

「いいか、今すぐに本当のことを言うんだ！　マサキはどこに行ったんだ？」

言い訳も弁解も許さない。アレックスは気迫と凄味に満ちた態度でカリーナの両肩を揺すり、詰問した。

「痛い、痛いっ、アレックス！」

カリーナが肩を捩《ねじ》って悲鳴を上げる。

「なんてことするの。わたしは女なのよ！　それがレディに対する紳士の態度？」

「レディならレディらしく泥棒猫みたいなまねはやめたらどうだ。デスクの鍵の在処《ありか》を当てられるのは幼なじみのきみくらいだ。言えよ。マサキに何を言ったんだ？」

「な、なによ」

カリーナは半分べそをかいたようになり、醜く顔を崩した。

「あなたが悪いんじゃない。わたしのこと無視して、マサキ、マサキって。なによ！　わたしは彼にただ事実を教えてあげただけよ。あなたがマサキのパスポートとかお金を盗ませて、香港から離れられないように仕向けたこと。それを教えてあげただけでしょ。マサキは失望してどこかに出ていったわよ。自業自得ね、アレックス。わたしは本当のことを知らないであなたに愛されてると思うマサキが気の毒だったのよ！」

「余計なことだ！」

アレックスはカリーナの耳元で怒鳴りつけた。ひっ、とカリーナが身を縮める。殴られるかと思ったらしい。だがあいにくとアレックスには暴力を振るう趣味はない。そのまま彼女の肩を放した。カリーナは脱兎《だっと》のごとくアレックスの脇をすり抜け、おろおろしたまま成り行きを見ていた執事に縋《すが》りついて大泣きし始めた。ヒステリー状態だ。アレックスは彼女のことは執事に任せ、車の鍵を取って車庫にあるマスタングを出した。

真己がどこに行ったのかはわからない。しかし、香港ドルやパスポート、クレジットカードとすべて置き去りにしているからには、無一文で出ていったと考える方が理に適っていた。

「ばかやろう……！　あれほど、あれほど黙って消えないと約束したくせに」

だがアレックスには真己を詰《なじ》る資格はない。

卑怯なまねをして彼を縛りつけようとしたのは他ならぬ自分だ。そのことで真己が怒って飛びだしたとしても、責任はすべてアレックスにある。

とにかく一刻も早く連れ帰らなければ。

アレックスは真っ暗な山道をゆっくりとしたスピードで流しつつ、道路はもちろん周囲の林にも目を凝《こ》らした。徒歩で出ていったなら、きっと途中で見つけられるはずだ。アレックスはそれだけを信じて、闇に消えてしまいかねない細身を探し求めた。

間の悪いことに、車を出して五分もしないうちに雨が降りだしてきた。それも本格的な降り方だ。

このまま真己を見失ったらアレックスは一生悔いる。

大声で喚きだしたい衝動に襲われた。

無事でいてくれ。そうすればもう他には何も欲張ったことは考えない。アレックスは生まれて初めて全身全霊をかけて神に祈った。

雨の中を十分ほど歩いたとき、背後から来た乗用車にフォンを鳴らされた。

真己が足を止めると、車もすぐ傍で停まる。助手席から髪の長い優男が顔を覗かせて、早口の広東語で話しかけてきた。真己はわからない、というジェスチャーをし、車の横を通り抜けようとしたのだが、次に男は片言の英語で話しかけてきた。

「どこまで行くの？　きみ日本人？」

夜更けに一人でこんな所を歩くなんて正気の沙汰じゃない、と彼はたどたどしく言う。男の目を見ると、温かくて穏やかで、誠実そうな人柄が推察できた。どこに行くの、ともう一度聞かれる。当てもなく飛びだしてきた真己は返事に困り、ようやく思いついた地名を答えた。

「レパルス・ベイまで」

「夜の海でも見に行きたいの？」

「はい」

「じゃあ乗って。送るから。きみみたいな人が一人で歩いていると危ない」

あまり男が熱心なので、真己は濡れた服と髪を気にしながら後部座席に座る。

運転しているのは男の母親くらいの年齢の女性だった。

車が走りだす。ガタゴトと揺れる古い車で、乗り心地は決していいとは言えないが、真己は疲れきった体をようやく休めることができて二人に深く感謝した。タオルを貸してもらい、湿って重くなった髪から水気を拭い取った。ポロの半袖シャツとストレートジーンズもかなり濡れ、布地の色が濃くなっている。だがこれは乾くまで仕方がない。

レパルス・ベイは車なら十分ほどで到着する。

雨のせいか、それとも十時過ぎているせいか、見渡す限り海岸には人の姿はない。

「本当にここでいいのか？」

男は本気で真己を心配しているようだ。

「大丈夫です。どうもありがとうございました」

「帰りはタクシーを拾いなよ」

親切な二人が心配そうに言葉を残して去っていくのを見届け、真己は再び雨に濡れながら砂浜に下りていく。男が持っていけと押しつけてくれた薄手のタオルは、水を吸ってすっかり重くなっている。真己はそれを片手に持ったまま、暗い海の波打ち際をとぼとぼと歩いた。

なぜ香港というところを思い出すのか、真己は辛くなるので考えまいと必死になる反面、どうしても考えずにはいられなかった。初日にもここを訪れた。あのときは丘の上に建つザ・レパルス・ベイに行ったのだ。そこにある有名なレストランでアレックスと食事をした記憶は鮮明に記憶に残っている。たぶん、真己がこの地を思いだすのはそのためだ。アレックスに導かれ、だらだらと目的もなくショッピングモールを歩きながら取り留めもない話をするのが楽しかった。あの頃からすれば今はずいぶん遠くにきてしまった気がする。

闇雲にアレックスの屋敷を出てきてしまったが、これからどうすればいいのかまだ決めかねていた。一番いいのはもう一度屋敷に戻り、アレックスにきちんと話をして、できるだけ早い便で出国することだ。

気持ちの半分では真己もそうしようと考えている。

ただ、残り半分が邪魔をして、もう少し頭を冷やしてからでないととか、いっそこのまま領事館に助けを求めようかなどと真己を思い煩わせるのだ。

アレックス。アレックス。アレックス。

どんなにその名前を心に浮かべまいとしてもだめだった。

あれほど酷いことをされたというのに、まだ心のどこかがアレックスを求め、信じたがっている。カリーナが言ったような、人の心を平気で弄ぶような男ではないと思いたがっていた。

一歩歩くたびに体の奥に残る疼痛《とうつう》を意識する。

ジン、と頭が痺れたように甘苦しさでいっぱいになった。

誰にも言えない部分でアレックスと繋がったのは、ほんの数時間前のことだ。アレックスの長い指で思うさま蹂躙され、真己は何回も恥ずかしい喘ぎ声を出した。どんなにやめてと頼んでもアレックスは承知してくれず、嗚咽を漏らす唇にあやすようなキスをくれたのだ。

なんだか嘘みたいだ。

あれは現実に二人でしたことなのだろうか。

過去の記憶が現在と錯綜《さくそう》して取り違えているのではないだろうか。

真己は半ば本気でそう思いかけたが、歩くごとの違和感がその考えをたちどころに否定する。

この気怠く疲れた体は現実だ。

アレックスは確かに真己を抱きしめて、狂ってしまうような熱い行為で真己を翻弄し、貪り尽くした。

——そして、今また猜疑と絶望に苛まれ、誰もいない海辺を逍遙《しょうよう》している。

こうなるとわかっていれば、決して抱き合ったりはしなかったのに。

真己は唇を嚙みしめた。みすみす新しい傷を増やしたようなものだ。ブローチを盗んだことにされて放りだされた方が、今よりどれだけましだったかわからない。つくづく皮肉な結果になった。

五月下旬といえば香港では夏である。この海水浴場は若いカップルや欧米からの旅行客に人気のあるスポットだ。きっと昼間は海水浴や日光浴を楽しむ人でいっぱいになるのだろう。

ビーチを端まで歩き通すと、真己は大きな岩場に背中を預け、ぼんやりと海を眺めた。波の音が砂浜と一緒に真己の心を洗ってくれる気がする。白い波が押し寄せてきて、ざーっと砂を連れて引いていく。

やっぱり帰ろうかな、と考える。

アレックスのところに戻って、彼と話し合おう。

今度はもう逃げたくない。迷う真己に一番強く働きかけた気持ちはそれだった。真己はアレックスと約束したのだ。決して今度は黙って消えない。今思えば、あの時のアレックスがどんな気持ちで何度も何度も実家に国際電話をかけてきていたのか、真己は少しも考えたことがなかった。ただの遊び、暇つぶしで付き合った相手に、そこまでするのだろうか。寮では飽きるほど行動を共にしていたのに、その上夏の長い休暇を自分の屋敷に招いてまで一緒に過ごそうと思うものだろうか。

真己は自分がとんでもない思い違いをしている気がしてしょうがなくなった。

帰ろう。岩場を離れて引き返そうとした。

その時だった。

突然背後から忍び寄ってきた何者かに、手のひらで口を塞がれ、羽交《はが》い締《じ》めにされる。

「うっ……うう！」

真己は必死で抵抗し、振り払おうとしたが、相手は二人いた。前に回ってきた男が真己の両脚を掬《すく》うように蹴り上げる。真己は背後の男に倒れかかるようにして雨で濡れた砂浜に尻餅をついた。そこをすかさず二人がかりで押さえ込まれてしまう。

彼らの目的がなんなのかわからず、真己は真っ青になり、恐怖で一言も発せなかった。万が一叫べたところで、周囲に耳を貸してくれそうな人はいない。

男二人はいかにも悪そうなチンピラふうだった。どっちもムッとするようなアルコールの匂いをさせている。低い声で何か話しているが、真己にはまるで意味がわからなかった。二人は真己の体を反転させ、俯《うつぶ》せに押さえ込み直した。そうしておいてジーンズの尻ポケットに手を突っ込み、中を確かめていく。あいにくと真己はコインの一枚も持っていない。まずいと思った。何も持っていないとわかれば腹いせに暴力を振るわれるかもしれない。恐ろしさにますます声が出せなくなった。

シャツのポケットまで調べた二人は、忌々《いまいま》しげな荒い口調で喋っている。真己を押さえている腕は緩まない。逃げだすチャンスがあればと窺っているが、なかなか二人は抜け目がなく、隙を見せなかった。

頭上で話し合っていた二人が突然真己の腰を抱え上げ、四つん這いにさせた。首根は押さえられたままなので、両膝を立てて腰だけ突きだした姿勢になる。

まさか、と真己の全身が竦む。

こんな場所で襲われるなどとんでもなかった。

頭の方にいる男が真己の腰を抱えている男に話しかけ、二人して下卑《げひ》た忍び笑いを洩らす。いきなり股間をまさぐられた。

「あ……！」

さっきアレックスとかわした行為の余韻が体に残っている。その体を無遠慮に触られ、真己はいつも以上に敏感に反応してしまう。

ヒュウ、と前の男が口笛を鳴らす。

このままでは犯されてしまう。

真己は必死になって彼らの腕から逃れようと身を捩った。しかし男たちが真己を拘束する力は強い。多少抵抗しても、かえって相手の獣性を煽り、愉しませるばかりだ。お嬢ちゃん、と下卑た声で皮肉られ、首を押さえつけていた男が真己の顔をよく見ようとしてか、顎に指を掛けて顔を上げさせる。

遥か前方の湾岸道路が目に入り、真己はそこに車が一台停まっていることに気がついた。誰かが海を眺めているのかもしれない。あそこまで逃げられれば助けてもらえる。そういう希望が真己にいつもは出せない力と度胸を与えた。

顎を擡げさせた男の太い親指がちょうど口元に当たっている。

真己は唇を開いて思いきりそれに歯を立てた。

獣が鳴くような甲高い悲鳴を上げて男が真己を突き飛ばす。弾みで横倒しになった。突然の騒ぎに背後の男にも隙ができた。真己は膝立ちになってズボンを下ろしかけていた男の股間を蹴りつける。ぐえっと奇声を発して男が股間を押さえたままその場に蹲った。真己は砂に足を取られながら二度ほどよろめきながらもどうにか立つと、一目散に道路に向かって走った。

砂に足が埋まるので思うように走れない。

しかし、一足でも速度を緩めたら最後、背後から腕や肩を掴まれるのではという恐怖に突き動かされ、真己は無我夢中になった。

追ってきているかどうか振り返って確かめる余裕もなく、一目散に全力疾走する。砂浜から道路に上がる石段まで辿り着き、七段か八段を一気に駆け上った。必死だったため弾みがつきすぎて勢いを殺せない。上り終えてもそのまま舗道を越えて車道にまで飛びだしてしまう。

パパーッと激しいクラクションの音が真己に襲いかかってきた。

どこかで誰かが叫ぶ声がした。

数メートルの距離に乗用車のライトが迫っている。

轢《ひ》かれる、と思った途端、足が動かせなくなった。

乗用車は急ブレーキを踏んでいたが、ライトはどんどん近づいてくる。もうだめだ、と思ったとき、背後から強い力で腕を引かれた。

引っぱられて後ろに倒れ込みかけた真己を、助けてくれた人は頭を保護するように腕で庇《かば》ってくれ、真己と一緒になって尻餅をつく。直後に乗用車がものすごい怒声で真己を罵りながら通り過ぎていった。まさしく間一髪で助かったのだ。

真己が血の気の引いた顔で茫然としていると、助けてくれた人物が真己の体を背後から激しく揺さぶった。

「おいっ、このばか！」

真己は驚いて後ろを仰ぎ見た。

「ア、アレックス！」

腕を引っぱって真己を助けてくれたのは他でもないアレックスだ。

彼だと認めた次の瞬間、真己はそのまま彼の胸にしがみついた。何も考えている余裕はなく、ただ抱きついていたのだ。心細さや不安や恐怖、すべての感情がアレックスを見た途端に一気に爆発した。

「アレックス！」

アレックスもぎゅっと両腕で真己を抱きしめる。

助かったと安堵したら、また改めて恐怖が込み上げてきた。あと少し遅ければ跳ね飛ばされていたであろうイメージが頭の中で何度もリプレイされ、真己はガタガタと歯の根も合わなくなるほど震えた。

頼りなく震え続ける真己をアレックスは片腕で力いっぱい抱き、もう一方の手で髪を撫でたり背中をさすったりして落ち着かせようとする。

「もう心配ない。大丈夫、大丈夫だ、マサキ」

真己は何度となくそう繰り返されても、喉を詰まらせたまま嗚咽を漏らすことしかできなかった。アレックスは真己が気を鎮めるまで辛抱強く声をかけ続けた。

大丈夫だから。

やがてそれが呪文のように真己の興奮しきった神経に優しく効いてきた。体の震えがようやく治まる。

轢かれかけたショックで忘れていた男二人のことが頭に浮かんだが、彼らもどうやら諦めたらしい。

「怪我はないな？」

アレックスに聞かれて真己は首を縦に振った。

ホッと安堵したようにアレックスの口から溜息が漏れ、腕の力が緩められる。

「行こう。俺の車はすぐそこだが、歩けるか?」

頷きたかったが、まだ真己は体中の力が抜けたようになっていて、歩くことはおろか立ち上がることさえできそうになかった。

アレックスはそんな真己を力強い腕で抱き上げ、路肩に停めてあった白いマスタング・コンバーチブルまで運んだ。真己は全身濡れている上に砂だらけで、立派な革張りのシートに座らせてもらうのが申し訳なかったが、アレックスは気にもしなかった。

「ごめ、ん……アレックス」

やっと微かな声が出る。

真己が口を利いたことでアレックスも心の底から大丈夫だと思ったようだ。安堵が怒りを呼んだのか、打って変わった厳しい顔つきになる。

「よくもまた勝手に飛び出したな!」

アレックスは容赦ない厳しさで真己を睨み据えた。真己は何も言い返せず、アレックスのきつい眼差しに射すくめられたまま目を逸らすこともできずに、全身を強ばらせた。

「確かに今度のことは俺も悪かった! 悪かったとも!」

アレックスは珍しく自棄《やけ》になったような発言をし、怒りながらも苦渋に満ちた複雑な表情を浮かべている。

「俺はおまえにどう責められても言い訳できないことをしたさ。だがな、だからといってこんなに心配させられて黙っていられるほど人間が丸くないんだぞ！」

アレックス自身理不尽なことを言っている自覚があるのだろう。しかしそれを上回る怒りで、肩を上下させながら荒々しく息を吐きつつ真己を怒鳴る。

「なぜおまえはいつも黙って逃げる！　なぜ文句があるなら直接俺に言わない！　前だってそうだ。同じことを何度繰り返したら気が済むんだ！」

驚いたことに、アレックスの目は真っ赤になっていた。

「ごめん」

たまらなくなって、真己はアレックスの胸に抱きつく。

「ばかが——！」

アレックスは真己を受け止め、両腕を回してしっかりと抱きしめてきた。

アレックスの心臓は、壊れるのではないかと心配になるほど激しく波打っている。真己はその鼓動を直に感じ、胸が詰まった。自然と涙が零れてくる。

「……ごめん、ごめん、アレックス」

こんなに胸の鼓動が激しくなるほどアレックスは自分のことを心配してくれたのだ。なんて考えなしで自分勝手だったのだろう。

もはや原因がなんだったのかは二の次で、真己の頭の中は、アレックスを苦しませるつもりはなかったのに、という後悔の念でいっぱいになっていた。

「いい。もういい。謝らなくていい、マサキ」

アレックスはさっきまでの怒りを静め、真己の頬を撫でるような調子で軽く叩くと、汗と砂や埃、そして涙でぐしゃぐしゃに汚れた顔中にキスをする。

「むしろ、謝らないといけないのは俺の方だ。……だが、とにかく今は、おまえが無事で本当によかった」

「アレックス」

「話は帰ってからだ」

真己が頷くと、アレックスは慈しみに溢れたキスを唇に落として、よし、と頷いた。真己から離れて運転席に回り、シートに落ち着く。

「とにかくおまえが溜め込んでいるものを全部吐きだしてくれ。俺たちはもっと早くこうするべきだった」

まったくそのとおりだ。

真己の目にまた涙が溢れてきた。アレックスの強い愛情をひしひしと感じ、感情が再び高ぶってくる。今度は溢れる涙を止められなくて、とうとうがまんしきれずしゃくり上げてしまった。

こんな歳になってあられもなく泣くなんて恥ずかしい。

わかっていたが、どうしようもない。止めたくても止まらないのだ。

「――今度また、『ヴェランダ』で食事をしようか」

アレックスは真己が泣いていることには触れず、あえて何事もなかったかのようにして話しかけてくる。真己もその方が嬉しかった。泣いている理由を聞かれてもとても一言では説明できないし、泣くなと慰められたら余計に涙が出そうだったからだ。真己はアレックスの深い思いやりを感じつつ、自分でも驚くくらい素直に頷いていた。

「なら予約を入れておこう。シーザーズサラダが食べたくなったらあそこと決めているんだ」

それにしても、とアレックスはさりげなく話を元に戻す。

「おまえがレパルス・ベイに向かった気がして、来てみたのは正解だった。うちから街まで下りる道で見つけられなかったときにはもう探しようがないかと思ったが、もしかして、と閃《ひらめ》いた場所があそこだった。車を停めて浜辺を見ていたら、細い人影が必死で走ってきて、それがおまえだとわかったときには……俺は、心臓が止まりそうなほど驚いて、感謝して、心配した」

アレックスはそこで言葉を句切り、強い口調で付け足した。

「こんな思いをするのは二度とごめんだ」

「……アレックス」

怒っているというより頼むような感じだった。

真己は濡れた頬を手の甲で拭い去り、アレックスの引き締まった横顔を見つめる。

アレックスは微動もせずに前方に顔を向け、カーブの続く山道を見事なハンドル捌《さば》きでスピードを落とさずに走っていく。

ああやっぱり好きだ。

真己は心の底から湧いてくる思いを噛みしめる。

アレックスが遊び人の酷い男だとは、やはりどうしても信じられない。パスポートなどの件はまだ納得したわけではないし、きちんと説明してもらわなければ許すとは言えないが、少なくとも彼が真己を弄んだということは嘘だと思う。真己は今までカリーナの毒気にあてられて疑心暗鬼になり、目が曇っていたに違いない。

「アレックス」

真己がアレックスの膝に指を伸ばすと、アレックスもハンドルから片手を離し、真己の指を握りしめてきた。

今なら聞ける。

「僕を騙していた？」

アレックスがぐっと息を吸い込んで一旦止め、握り締める指に力を加えた。

「盗みを依頼して香港滞在を長引かせたのは、事実だ。だが、俺は……俺は……」

アレックスは苦しげに眉根を寄せ、言い淀む。しかし、ごまかさずに続けてくれた。

「……俺はどうしてもおまえが欲しかったんだ。悪かったと思っている。おまえが怒るのは当然だ。——一度は諦めたつもりだったが、俺の心の奥には常に未練が残っていた。もしかするととんでもない勘違いのせいで別れたんじゃないだろうかと思い始めてからは、おまえの口からはっきりと出ていった理由を聞かない限り納得できない気持ちになっていた。だから俺は、再会した時どんな手を使ってでもおまえを引き止めたいと思った」

「それは——」

真己は勇気を振り絞る。

「それは、僕を好きだという意味？」

「そのとおりだ」

アレックスはきっぱりと答えた。

「遊びではなくて、本気で好きだということ？」

「もちろんだ！」

今度の返事には勢いがあり、そんな質問は心外だと言わんばかりだった。

「俺がいつおまえを軽々しく扱った！　俺はかつてこれほど誰かを好きになったことはない。たぶん、今後もないと思っている」

アレックスの真剣な言葉は真己の心を強く揺さぶり、感動させた。

真己は深い吐息をつくと、握り合った手をそっと自分の膝に引き寄せる。

信じよう。僕はアレックスのことを信じる。

アレックスは真己を本気で愛してくれている。真己には今こそ迷わずに信じられた。

カリーナとの婚約が嘘だとわかった以上、真己の中にあったアレックスに対する疑問や不信はこれですべて氷解した。

あとはアレックスの番だ。彼が真己に感じている不可解さがあれば、真己はそれを取り除くように努力したいと思う。そして、彼の戸惑いはすべて六年前の、真己の突然の帰国に関することに違いなかった。

「僕は、アレックスはカリーナと婚約しているのだと誤解していた」

真己はアレックスの手をしっかり握ったまま、訥々《とつとつ》とした口調ながらも自分からあの時のことを切りだした。

「六年前、僕はカリーナから突然ふたりの婚約を知らされて、ショックを受けた。それまで一度も考えたことがなかっただけに、どうしたらいいのかわからなくなったんだ。婚約者がいるのなら僕との関係はなんなんだろうと悩んで、でも、きみに直接聞くのも恐くて……逃げだしてしまった」

アレックスは深い溜息をつく。

「彼女にも困ったものだ」

「でも、信じてしまったのは僕が悪かったんだ」

真己は静かに言う。本心からそう思っていた。

「裏を返せば、きみのことを信じなかったことになる」

「なぜ俺ではなく彼女の言葉を信じた？」

「彼女が婚約の証だという指輪を見せてくれたから。きみのお母さんから贈られたと言っていた。僕はそれに動揺したんだと思う」

「それは嘘だ。母は彼女にそんなものを贈りはしない。きっと自分で買ったものだろう」

アレックスは苦々しく言うと、忌々しげに舌打ちする。

そうか、あれもまた嘘だったのか。

真己はアレックスの口からきっぱり否定されて気持ちが晴れるのと同時に、離れていた六年間はなんだったのか、と考えないではいられなくなる。

とんだ遠回りをさせられた月日。だがきっと、別れていた六年間はアレックスを信じきれなかった自分に対する罰だったのだ。その間ずっと辛かったが、こうしてもう一度再会できたことを考えると、それは必要なブランクで、これから先の絆を深める役に立ったのではないかとも思えてくる。

「今はどうだ、マサキ？」

アレックスが緊張の滲む声で聞いてきた。

車はすでに屋敷の敷地内に入り込み、玉砂利を踏みしめながら駐車スペースへと徐行しているところだ。

「俺を信じられるか？　婚約云々はカリーナの嘘でも、おまえを強引な手段で引き止めたのは間違いなく俺自身のしたことだ。だがそれは、おまえのことを誰より愛しているからの愚行で、決してそれ以外の理由ではなかったんだと――こんな俺の言葉でも、信じられるか？」

車が停まった。

車庫の薄暗い明かりに照らし出されたアレックスの瞳は、今まで見たどんな時より真摯だった。

真己は迷うことなく頷いて、答える。

「信じられるよ」

返事をしたと同時に、真己はアレックスにきつく抱きしめられ、いつ終わるともしれない長く激しいくちづけを受けた。

屋敷に入ると、執事が寝ないで待っていた。執事は真己とアレックスが無事に戻ってきたことに心から安堵し、よかった、と繰り返しては、平常から細い目を更に糸のように細める。

真己は、熱烈だったキスの余韻にまだ少しぼうっとしていた。アレックスはそんな真己を大切そうにしっかりと抱き寄せ、執事の前でも離そうとしない。それでも執事は少しも驚いていなかったし、むしろアレックスの気持ちが真己に通じたことを嬉しく感じているようだった。

「じい。カリーナはどうした？　車庫には車がなかったが」

アレックスの質問に真己はピクリと耳をそばだてた。さっきの話をカリーナにして、彼女を問い質すつもりなのかと不安になったのだ。今夜はもうそんな話はしたくない。アレックスとカリーナが万一口論にでもなれば、真己としてもいい気はしないし、決して望むところではなかった。

しかしそれはどうやら真己の杞憂《きゆう》だったようで、アレックスは執事からカリーナが結局自邸に帰っていったことを告げられると、無言で頷いただけだった。理由を聞きもしなければ特に心配するでもない。カリーナに関してはそれ以上まったく触れず、今夜はもう用事はないから休んでいい、と執事を下がらせた。そして真己の腕を引いたまま二階に上がっていく。

「眠いか?」

「うん」

ふん、とアレックスが含み笑いを浮かべて真己を見る。

「だが今夜はまだ許してやれないいな」

「え?」

気がつくとアレックスの部屋に連れ込まれている。アレックスは真己を寝室の横にあるバスルームに入らせると、ひどく色気の滲んだ瞳を向けてきた。真己はドキドキして、落ち着きなく視線を四方に泳がせてしまう。アレックスが何を考えているのかは聞かなくても明白だ。

「俺を信じるということは――俺を好きだということだと考えていいいんだろう?」

「そう、だけど」

真っ向から聞かれると頬が熱くなる。

「じゃあ今夜はますます離せない。一晩中泣かせてやる」

アレックスは唇を開きかけた真己に素早くキスをすると、まずは風呂に入って体を洗うように言い、礼儀正しく扉を閉めて出ていった。あっという間の早業に真己は唖然とする。しかし、有無を言わせないぞと先手を打たれたからには悔しがっても仕方がない。アレックスは一度決めたらまず前言を撤回しない。逆らっても無駄だった。

真己は既にくたくたに疲れていた。汚れた体を洗うために入浴したら、ついついバスタブの中で眠りかけたが、三十分ほどしてようすを見に来たアレックスに、湯から引き上げられた。

「溺れるぞ、こら」

「アレックス」

「本当に眠そうだな」

アレックスは同情するようなことを口にしながらも、愉しくてたまらないとばかりに唇をカーブさせて笑う。

「だが抱いてる最中に寝ないでくれよ。男のプライドが粉々になる」

そんな冗談ともつかぬ事を言って、真己の濡れたままの全身をじっくりと堪能するように眺め、満足そうに目を細める。

「……昔と変わらないな、おまえ」

「そんなこと、ないよ」

あまりじっと見ないで欲しい。恥ずかしい。

鑑賞に値するほど綺麗な体をしているとは思わない。学生時代に比べると明らかに筋肉も落ちた。

「見られるのは嫌か？　だが、今夜は隅から隅まで全部見せてもらうぞ」

それはもう覚悟している。長かった誤解の時を埋めて新しい一歩を踏みだすのだ。自分の体が彼のものだと思い知らされたい。そうすればもう決して迷わないですむ気がする。どれほど眠くても、今夜アレックスに抱かれることは儀式のように必要な行為なのだ。

だから、今夜だけは真己もアレックスの視線を甘んじて受け止めるつもりでいた。

アレックスの視線を感じているうちに、真己のものはゆっくりと頭を擡げてくる。見つめられ続けるうちに体が先に反応してしまったのだ。

その変化はすぐにアレックスに気付かれた。

ニヤリ、とアレックスが笑う。エロティックで魅力的な大人の笑みだ。真己は真っ赤になって狼狽《うろた》えた。

こんな顔をするなんて反則だ。

アレックスは着衣のまま浴室に入ってきていたが、その場で無造作に服を脱いで裸になった。溜息がこぼれてしまうほど立派に鍛え上げた肉体を惜しげもなく曝す。

真己はアレックスの硬くて厚い胸板や、えぐれた腹、そして下腹の茂みに息づく象徴を目にしただけで、ぞくぞくと官能を刺激された。この頑丈な腕で今夜二度も抱き上げられたのだ。あの胸にはそれ以上に何回もしがみついた。

考えているだけで頭の芯が痺れたようになり、真己は自ら一歩前に進んでアレックスとの距離を縮めた。アレックスがニヤッと自信たっぷりに笑い、真己の胴に腕を回し、ぐいっと下身が密着するように引き寄せる。

「今何を考えていたか当ててやろうか?」

「やめて」

あまりの恥ずかしさに真己は弱く抵抗する。

「やめるものか。……やっとこうして本当に抱き合えたんだ。俺にすべて曝けだして素直になれよ。俺もおまえに全部見せる」

アレックスの囁きは熱っぽく、とてもセクシーだった。真己は次第にぼうっとしてきた。

彼が微妙に腰を動かして股間を巧みに刺激するので、真己のものはどんどん嵩《かさ》を増し、はしたないことになってくる。真己の腹に当たっているアレックス自身も同じ状態なのがせめてもの救いだ。真己は恥じて狼狽したが、アレックスはまったく平然としていた。ひとたび真己が快感に身を委ねると、どれほど淫らになってそれを欲しがるのかアレックスは承知している。だから明るい浴室であっても自分の立派なものを見せつける自信があるのだろう。

「マサキ」

アレックスは心から愛しそうに真己の名を呼ぶと、顔を上向かせた。真己は二秒ほどアレックスの優しいグレイの瞳を見つめてから瞼を閉じる。アレックスは真己の頬に片手で触れ、唇をゆっくりと合わせてくる。

「……ん」

ちゅっ、と粘膜の触れる音がする。濡れた唇を啄《ついば》まれ、薄くこじ開けられる。彼の舌が歯列を割って差し込まれてきた。

「あ……っ」

キスをしながら、アレックスは腰を抱いていた腕をずらし、片手の指で器用に真己の尻の間を割り開いた。

「う、あっ……あ、だめ……」

息を継ぐときに漏らす声は、抵抗しているというより、むしろアレックスを煽りたてる効果を発揮するらしい。アレックスの大胆な指が、真己の奥への入り口を丁寧に揉みほぐし、準備する。

「アレックス」

真己は狭い筒を蹂躙される感覚がたまらず、翻弄されて取り乱しそうになり、弱々しく制止を哀願した。

「ここでするつもりなのか」

「一度だけ。あとはベッドでする」

じゃあ二度目もあるのか。

真己は愕然とした。正確に言うなら、今夜はもうすでに夕方にも何度もしている。眩暈がしそうだ。禁欲的でスマートな紳士ぶりがさまになっている昼のアレックスと、ベッドでの行為に夢中になる夜の彼とでは、まるで別人のようだ。真己がそう言うと、アレックスは、それは真己の責任だときっぱり答えた。

「何回も言うようだが、俺はおまえと別れてから、冗談ではなくストイックで規則正しい毎日を送ってきたんだぞ。俺をこんなふうにさせるのはおまえだけだ。おまえがいないときは、夜も昼も俺は変わらなかった」

それはなんとも熱烈な告白で、真己は心臓が止まりそうになった。

そんなことが本当にあり得るだろうか。こんなふるいつきたくなるほど魅力的でセクシーな男なのに、数多《あまた》いる女性たちが放っておいたとは考えられない。山とあったはずの誘惑にも乗らずアレックスが一人きりの夜を過ごしていたとすれば、それは奇跡的だ。その上、あまりにも純粋で誠実だった。

「ずっとおまえだけが欲しかった」

アレックスは真己の体をひっくり返して浴室の壁に手をつかせると、十分に指で解《ほぐ》されて柔らかくなった入り口に、張りつめた自分自身を押し当てる。真己は挿入の衝撃に備えて息を吐きだした。すかさずアレックスが突き入ってくる。

「あああっ、あーっ」

覚悟していても内壁を一気に奥まで擦りあげられる強烈に淫靡な感触が、真己に悲鳴を漏らさせた。

「マサキ」

ぐっと根本まで押し込んで腰を寄せたアレックスは、苦しそうな息を吐く真己を宥めるようにあちこちに労《いたわ》りのキスをする。背中やうなじ、肩、二の腕。可愛いキスを落としていきながら、指は真己の下腹と興奮して尖っている胸の粒を柔らかく弄る。

「ああ、う……」

感じやすいところを余さず触れられ、撓《しな》る棒で奥を掻き回されると、真己はすぐにだめになる。疲れが溜まっているときは特に体が敏感なようだ。

緩急つけた抜き差しを気が遠のくほど何度も繰り返される。

「アレックス、あああ、あ」

真己がどれほど噎《むせ》び泣いて叫んでも、アレックスは腰の動きを止めることはなく、真己の前を弄る指も外さなかった。

「いやだ、も……あっ！」

「マサキ」

「ううう っ、あ、ああっ！」

アレックスの欲望を体の奥に注ぎ込まれる。真己自身も彼の手で刺激してもらい、ほとんど同じタイミングで達していた。

ずるりと膝から頽《くずお》れそうになる。

真己はアレックスの支えがなければ立っていられなかった。

無理をさせていることは承知のアレックスが、真己を抱きしめてキスしながら、奥を掻きだして洗い流してくれる。薄く汗を掻いた全身にも丁寧にシャボンをつけて流してくれた。

「いつでもこうしておまえの世話を焼きたいと思っていた」

「再会してからずっと？」

「違う。もっとずっと何年も前からだ」

アレックスは最後に一つだけ残していた迷いを振り切るように続ける。

「アニタのことで愚《ぐ》にもつかない誤解をしていなければ——いや、実際には半信半疑で身動きが取れなかったというのが正確だが、俺はもっと早くに、おまえを追いかけて日本に行っていただろう。そうしなかったのは、ひとえに俺が臆病で不甲斐なかったせいだ」

「もしかして、僕とアニタの間に本気で何かあったと思っていたのか？」

この前話した時は「誤解だと承知している」と言っていたが、実はアレックスは完全には否定しきれずに悩み、六年間苦しんでいたのだろうか。

なんてことだ。

真己はどうしようもなくやるせない気持ちになった。

なぜアレックスがそんな突拍子もないことを思ったのか、改めて聞く必要はないだろう。真己が黙って出ていったことを、誰かが根も葉もない理由で脚色したのだ。その誰かを追及するのは気が重すぎて、真己は考えないように努力した。

「男のおまえをこんなふうにねじ曲げた形で抱き続けていたんだ。きっと無理をしていたんだと言われたら、俺も反論できなかった。もし魅力的な女性が近くにいたなら、おまえがその彼女を欲しくなっても不思議はないと思えたんだ」

「ばかばかしいよ、アレックス」

真己は呆れて、思わずそんな言葉を洩らしてしまう。

「ああ、まったくそのとおりだ、マサキ」

アレックスもすんなりと認めて苦笑する。

「おまえは俺に抱かれるといつもこんなに乱れてみせていたのにな。マサキが俺とのセックスに満足してないはずはないと言い切って、第三者の言葉など笑い飛ばしてしまえばそれだけで済んだんだ」

あからさまな言い方には羞恥を掻きたてられたが、真己は俯いたままで頷いた。まさしくアレックスの言うとおりだ。真己は彼との行為に世界中の幸せを集めたよりもっと素晴らしい歓喜を味わっていた。このままでは際限が無くなるのではと怖くなるくらいアレックスを欲しがっていたのだ。

誤解が解けて本当によかった。

真己はアレックスに自ら抱きつき、少し背伸びをして唇を合わせた。優しいキスにうっとりとなる。

浴室を出るときにもアレックスは真己を抱き上げた。

そっとベッドに下ろされる。こわれものを扱うように丁寧な動作で、真己はお姫さまになったような気がして面映ゆかった。アレックスのベッドは天蓋付きで、キングサイズだ。どれだけ激しく動き回っても落ちる心配がない。

ギシ、とスプリングを軋ませてアレックスも寝台に乗ってくる。クッションを背中に当ててヘッドボードに凭れると、アレックスは横になっている真己の頭を撫でながら、ナイトランプの明かりを小さく絞った。ほのかなオレンジの光源が二人の周囲だけを照らす。

真己はアレックスの指で髪を梳《す》かれると、気持ちよさにこのまま寝てしまいそうになった。

「マサキ」

アレックスがちょっと改まった声を出す。真己もそれで少し緊張し、重くなりかけていた瞼を開く。

そうだ。今夜はまだ寝かせてもらえないのだった。

真己が顔を上げるとアレックスはまっすぐに瞳を覗き込んできて、真剣そのものの態度で続ける。

「俺は自惚れてもいいのか？　おまえは俺のことを好きで、この先もできれば一緒にいてくれるつもりがあると、そう考えてもいいんだろうか？」

「いいよ、アレックス」

真己の気持ちはアレックスが表現したとおりだ。

ただし、まだカリーナの存在が真己を迷わせている。

「カリーナには辛い思いをさせてしまうかもしれないけれど……僕はもう、きみと離れられなくなっている」

「本当か、マサキ！」

アレックスの顔がパアッと輝いた。

ベッドの中できつく抱き竦められる。

「たぶん、彼女は近いうちにカナダの両親の元に行くだろう。リン家は二年ほど前にバンクーバーに屋敷を建てて移住したんだ。カリーナだけが頑なに香港に残っていたんだが、その理由ももうなくなったはずだ」

彼女にはもう一度はっきり真己を愛していると告げる。

アレックスは揺るぎのない瞳で明言した。

どうやらこれで、数ある問題のうち一番気に掛かっていたカリーナのことは心配いらなくなったようだ。今後もし彼女がまだなにか新しい理由を付けて絡んできたとしても、真己は怯《ひる》むことなく対処できるだろう。

アレックスと信じ合っていれば、何が持ち上がろうと迷う必要はない。二人の関係がこの先どのくらいまで続くのかはわからないが、もし別れるにしても互いが納得ずくならそれで問題はない。大切なのはあくまでも二人の気持ちだということを、真己は長い時間をかけてようやく学びとっていた。

「わからないかもしれないが、俺は今、嬉しくて舞い上がりそうだ」

アレックスがとても真面目な顔をしたままでそう言った。

「僕にはちゃんとわかる」

真己も茶化さずに答えた。

嘘ではなかった。アレックスのことなら、今はあの執事の次くらいにわかる自信がある。いや、もしかするとベッドの中のアレックスを知っているのは真己だけのようだから、執事よりわかる部分もあるかもしれない。

散々悩んで疑って、苦しい時を経てきた真己は、結局、自分が知っているアレックスが一番彼そのものに近いということを、今夜ようやく確信できた。だから、真己からはアレックスに改めて聞きたいことはない。アレックスが真己をどれだけ想ってくれているかは、すでに身に沁みてわかっていた。

「アレックス」

真己はアレックスの首に両腕を回して摑まりながら起き上がると、彼の厚めの唇にキスをした。

「……すごく、今、またきみがすごく欲しくなった」

「大胆だな」

アレックスは嬉しそうに真己をからかうと、真己の体を自分の下に敷き込んだ。

「覚悟しろよ、その言葉」

こくりと頷くと、今度はアレックスから真己の唇を塞いできた。さっき真己がしたのとは全然違う、頭の芯が痺れるような深いくちづけだ。真己はたちまち酔わされて、どこからどこまでが自分なのか、アレックスなのかも曖昧になるほど、濃厚に貪り合った。

もう逃げないで現実を見よう。

アレックスは真己を真剣に愛してくれている。もちろん真己もアレックスを愛している。

激情に押し流されて抱き合ったら、今度は冷静に話をしよう。

一度帰国して、身の周りをきちんとしてからもう一度香港に来るのはどうだろう。きっとアレックスは賛成してくれる。もしかすると、さっき言っていたように、また舞い上がりたくなるほど喜んでくれるのかもしれない。アレックスがそういう反応を言葉ではなく態度で示してくれる日が来るのも、そう遠い未来のことではない気がするのだった。

POSTSCRIPT

HARUHI TONO

　このたびは拙作を手に取っていただきましてありがとうございます。SHYノベルズさんで二冊目を無事出していただけました。しかも前回に引き続き『お貴族』もの(笑)

　さて。今回の注目はなんといってもこのはじけたタイトルです。自分で言うのもなんですが、すごい気がします。……でも、通ってしまった……。わたしとしては苦し紛れの冗談のつもりだったのに……。

　香港貴族、というからには、当然香港の人が主人公の片割れです。しかも舞台は終始香港。ああ、なんて思いきった冒険をしたのでしょう、わたし。こんなの今まで書いたことありません。「大丈夫ですよぉ。やってみましょうよう」とわたしをその気にさせて書かせた担当様には脱帽です。書けたんだなぁと、今更ながらのように噛みしめています。なにごとも挑戦ですね。今後もこの調子でばりばり新境地を拓いていきたいと思います。

わたしは結構な旅行好きでして、香港には返還前に三度ほど行きました。このお話は返還後の香港が舞台ですから今の状況を直接目にしたわけではありませんが、あのごちゃごちゃした街のパワフルな魅力は変わっていないのではないかと思います。書いているうちに何度も「また行きたい」という気持ちになりました。チャイナ服の資料を眺めていた際には、ひとつわたしも作ってみようかしら、というとんでもないことまで考えましたけれど、着る場所がなさそうなので諦めました。

SHY NOVELS

たぶん表紙のイラストで高橋先生が主人公に素敵なチャイナを着せてくださっているはずですので、それをうっとり眺めて満足することにいたします。高橋先生、イラストをお引き受けいただきまして、どうもありがとうございました！

この『お貴族』ものはシリーズとして今後も何作か書かせていただく予定です。貴族たちの華麗なるロマンスを、想像力を駆使してがんばって書いていきたいと思いますので、読者の皆さま、担当様、どうぞよろしくお願いします。

それでは次回またＳＨＹノベルズでお会いしましょう！

遠野春日拝

香港貴族に愛されて〜〜♥

おう〜 愛されるって良いな〜〜 しかも美男に!! 男前に!! いやもううらやましいね一真己〜!! でも真己も好きだから良いの。私は美しい愛にメロメロになる人なのだー!!(笑)。でもアンタなんかも女心として分かる部分もあったり個人的には憎めないのでした〜。真己イジメして私をキーッ!!と言う気もちにさせてくれるスパイスでもあるし!! 遠野先生う〜〜ま〜〜〜い〜〜〜!!! ふたりの心のすれちがいもね、もじもじさせてくれまお〜〜〜!!

たまんないスよ!!

リー老人・執事さん…描けなかったので描いてみたり(笑)。でもけっこう色モノ(?)だったので(自分のキャラクターデザインが〜り)描けなくてよかったのかー(笑)。

SHY NOVELS

香港貴族に愛されて

SHY NOVELS69

遠野春日 著

HARUHI TONO

ファンレターの宛先
〒101-0065 東京都千代田区西神田3-3-9大洋ビル3F
（株）大洋図書 SHY NOVELS編集部
「遠野春日先生」「高橋 悠先生」係
皆様のお便りをお待ちしております。

初版第一刷2002年6月7日
第四刷2006年3月22日

発行者	山田章博
発行所	株式会社大洋図書 〒101-0065 東京都千代田区西神田3-3-9大洋ビル 電話03-3263-2424(代表) 〒101-0065 東京都千代田区西神田3-3-9大洋ビル3F 電話03-3556-1352(編集)
イラスト	高橋 悠
デザイン	K.IZUMI(PLUMAGE)
カラー印刷	小宮山印刷株式会社
本文印刷	株式会社暁印刷
製本	株式会社暁印刷

ISBN4-8130-0069-X

SHY NOVELS
好評発売中

チェリッシュ

篠 稲穂

画・門地かおり

俺が惚れてんのわかってんだろ?

高校生の行也の悩みは、年上の幼馴染み鷹司の強引かつセクハラ込みの愛情の押し売りだ。なんとか鷹司から逃げようとしても、なぜかいつも鷹司の望むままになっている。そんなある午後、行也は鷹司にむりやり体を開かれてしまう！　そうだ、飽きる程Hをしちゃえばいいのかも、なんて考えてみたけれど?!　超キュート∞可愛い不健全恋愛物語♥